青い真珠は知っている

KZ'D

KZ' Deep File

藤本ひとみ

講談社

青い真珠は知っている

KZ'D
KZ' Deep File

装画　ヒラノトシユキ
装丁　坂川栄治＋坂川朱音（坂川事務所）

目次

序章

　ウォータージェットが小さな湾を出たとたん、海面下で、ふうっと巨大な影が揺れた。それは瞬時に浮かび上がってきて、鮫《さめ》の姿になる。全長は三ｍに近く、頭部は金槌《かなづち》形だった。小塚和彦は、船縁《ふなべり》の手すりを握りしめる。

「シュモクザメだ、すごい。こんな所まで来るんですね」

　隣で鈴木の声がした。

「このあたりは、黒潮だからね」

　目を向ければ、海を渡る風がその白髪交じりの髪を揺すっている。初めて会った時には、山羊《やぎ》に似ていると思った。顔立ちだけでなく体中から山羊の雰囲気が漂っている。

「南から、いろいろと上ってくるよ」

　鮫は滑らかな巨体をひるがえし、灰色の腹を一瞬、見せて海底に姿を消す。立ち上ってくる白い泡を見つめながら和彦は、この海の中に生きている何億もの命、魚から亀、貝、ミジンコ、多種の植物にまで思いをはせた。

海の青さに包まれたそれらは、たちまち和彦の頭上にまで競《せ》り上がってきて全身を包みこむ。多くの生命に囲まれ、その中の一つとして共に生きている自分を感じて、和彦はいつになく満たされた気分になった。ここに来るまで想像したこともなかったような、その心地《ここち》よさに身を浸《ひた》す。

「小塚君は将来、お父さんみたいな研究者になるの」

海面から目を上げると、鈴木の背後に島が見えた。生い茂る緑の間に、石灰岩が壁のようにそびえ立っている。その下の船着き場から、今、出てきたばかりだった。

「まだ決めてません」

和彦の父は、植物生理学者である。国内外で高く評価されているが、四六時中、研究に気を取られており、家族としてはまったく機能していなかった。妻や同居の妹たちのことはもちろん、一人息子の和彦の将来についても、さらさら眼中にない。

母や叔母たちは慣れたもので、父がいればいるなりに、いなければいないなりに毎日を優雅に暮らしている。和彦も、父は学者という生物なのだと思っていた。自分の周りに時々見かける、会社や家業を継げと圧力をかけられている男子たちに比べ、自由な立場であることにほっとしている。将来、自分が同じ畑を耕すかどうかは、まだ考えていなかった。

「動植物に詳《くわ》しいし、この間からの様子を見ていると観察も丁寧《ていねい》、分析にも熱心だし、何より粘《ねば》り強いから、研究者に向いてると思うけどね」

夏休みが始まってすぐ、和彦はこの伊勢志摩海洋研究所にやってきた。研究員のための宿直室に泊まらせてもらっている。父が大学の同期生を通じ、ここの所長である鈴木を紹介してくれたのだが、和彦が求めたのは、そんなことではなかったし、なぜここに来なければならないのか、当初はよくわからなかった。

今は、多少わかる。それが父の答だったのだろう。

「学者の世界は、象牙の塔と言われているけれど、住み心地はいいよ。現実世界から離れて、好きなことに没頭して生きていけるし」

そう言った鈴木の顔に、沿岸の小島から伸びた松の枝が影を落とす。和彦は、鈴木が先日、電話で口論まがいのやり取りをしていたことを思い出した。

「まぁ海洋研究所も日夜、水産資源に関する研究、保護管理をしているわけだから、研究室みたいなものだけどね、漁業組合の経営だから、なかなか干渉がきつくて大変だ」

口を引き結び、視線を海に投げる。海上を流離《さすら》うようなその眼差《まなざし》は、昔の夢を追っているかに見えた。いろいろと思い通りにいかないことも多いのだろう。

「私も大学に残って、象牙の塔に住みたかったよ。だが教授のポストをめぐる熾烈《しれつ》な戦いがあってね、それに敗れてこっちに送り出されてきたわけ」

どう答えようかと迷っていると、海の彼方《かなた》で白い光がまたたいた。ここに初めて来た時も、沖の方に同じ輝きを見たと思い出す。

「あれ、何ですか」

指を指している間にも船は進んでいく。白い光は波の向こうに隠れてしまった。

「え、どれ」

もうどこにも、何も見えない。

「見失いました。すみません」

和彦は目を伏せ、船の舳先《へさき》に切られて白い泡に変わっていく海面を見つめた。次々と重なり合って盛り上がる水泡は、教室内でひしめき、ふざけ合う男子たちのようだった。

クラスに溶けこめない。

中高一貫の私立男子高を選んだのは、母と叔母たちである。小塚家の家庭環境を考えてのことで、男子の多い学校で男らしいダイナミックさを身につけてほしいと望んでいた。

だが和彦から見ると、クラスメートたちは大雑把《おおざっぱ》で悪ふざけが過ぎて、時々は平気で正義を踏み外《はず》す信じられない存在だった。それが圧倒的多数であるために、クラスのスタンダードはそこに固定される。そうなると和彦の方が、小さなことにこだわり、ノリが悪く臆病で真面目《まじめ》、つまり男らしくない奴と評価されるのだった。陰口をきかれたり、冷やかされたりする。

母たちの目には、優しさや鷹揚《おうよう》さと映るものも、クラスの中では軟弱さやトロさでしかなかった。成長モデルとなるような父親が不在がちなせいもあって、和彦は周りとの比較でしか自分を評価できず、クラスメートの価値観に引きずられた。

自分の内にある弱さや感じやすさを切り捨てなければ、男になれない。そう考えて努力した。些細《ささい》なことに心を動かさないようにし、喜怒哀楽をしまいこみ、言葉も少なくする。家でも母や叔母たち、つまり男でない人間の会話には付き合わず、話しかけられても短い言葉で返すようにして一人の部屋での時間を長くした。

だが体に合わない服を着ているような感じで、どうにも落ち着かない。心も日々、重くなり、常に憂鬱《ゆううつ》だった。自分が無意味に尖《とが》り、ささくれ立っているだけのように思える。それでも、その道を進むしかなかった。

ある日、後ろの席の男子が、そっと教えてくれた。

「学校では、本当の自分を出しちゃダメだよ。自分を二つに分けとくんだ、学校用と家用にね。僕は完璧にそうしてる」

その時、和彦の頭に浮かんだのはプラナリアだった。二つに切っても再生するウズ虫。さらにヒトデも浮かんだ。これも二つに切れて生きている。しかし人間の心は、二つに分けて大丈夫なのだろうか。

そのクラスメートは、まもなく休学した。和彦が見た最後の姿は、皆が忙《せわ》しなく出入りする教室の引き戸の脇に、ぽつんと立っているところだった。どうしたのかと思って声をかけると、呆《ぼう》然《ぜん》とした目をこちらに向けた。

「自分を捜してるんだ。半分だけ、どっかに行っちゃった」

他人事とは思えず、心が痛んだ。その一方で、休学するという考えに取り憑《つ》かれた。自分も休学したい。強くそう思ったのだった。

フランスに単身赴任中の父から電話がかかってきた時、思い切って打ち明けた。父は、考えておくと答え、しばらく経《た》って連絡をしてきて、もうすぐ夏休みだから、伊勢志摩海洋研究所に行ってみなさいと言った。答になっていない答だと感じ、和彦は曖昧《あいまい》な返事をする。休学したい気持ちに囚《とら》われていて、そこから頭が離れなかったのだった。父はきちんと考えてくれない、そう思った。

だが海とその周辺に生きる生物には、前々から興味がある。たとえ夏休みであっても規則正しく学習をこなし、常に短期および長期の目標に向かって行かねばならない毎日から離れるのは、休学に近いことかもしれない。しだいにそう思えてきて、行く決心をした。

母や叔母たちは、それが和彦の単身旅行になると知って父に抗議する。しかし、あっさりはねつけられた。その時の父の言葉の強さは、母に言わせると、

「やさしくて温和な和人《かずと》さんが、あんなことを言うなんて思ってもみませんでした。男らしくて、まぁなんて素敵」

ということで、家庭内は丸く収まった。

一人旅は初めてで、緊張しながら新幹線に乗り、名古屋で近鉄特急に乗り換えて伊勢志摩に着

く。そこから海洋研究所まで定期船便に乗った。

強い日差しの下で圧倒的な輝きを放つ海、水辺に迫る山々から伸びる木々の濃い緑、飛沫《しぶき》を上げる魚の群れと鳥の声、養殖の筏《いかだ》で働く人々のざわめき、それらが渾然一体《こんぜんいったい》となって作り出す世界には、猛々《たけだけ》しく瑞々《みずみず》しい力がこもっていた。風がそれらの間を渡り、あたりに満ちている生の息吹、太古の時代から存在していたに違いないその活力をひとまとめにして吹きつけてくる。これまで感じたこともないその風に晒《さら》されて和彦は初めて、ここに来たことをよかったと思ったのだった。

「さて、着いたぞ」

鈴木の声を聞いて振り返れば、船着き場が目の前だった。操舵室《そうだしつ》から出てきた研究所員の大田が、船尾でロープのカバーをはずしている。

船着き場の端には、上杉和典が立っていた。リュックのショルダーベルトをまとめて片方の肩にかけ、もう一方の手で縁無し眼鏡《めがね》の中央を押し上げている。その隣に、やはりリュックを背負った若武和臣がサッカーボールを持って立ち、ほとんど背中合わせで違う方向を向いていた。

和彦は、噴き出しそうになる。

上杉も若武も、塾の特別クラスで知り合った友人だった。上杉は両親が開業医で、数学が得意。円周率の真の値を自力で探求したり、恒等式を無数に作ったり、つまり数字に恋している。

若武の父親は商社勤めの弁護士で、今はアメリカの支社にいた。本人はサッカー選手になるのが夢で、ボールを持っていることが多い。

ともに小学六年生からの付き合いだったが、ケーキの甘さを糖度で表現するような上杉と、エモーショナルで気分しだいの若武とは、恐ろしく気が合わない。お互いにとって信じられない生物であるその二人が、昨日、相次いで電話をかけてきたのだった。

「小塚、今どこ」

最初に着信音を鳴らしたのは上杉で、伊勢志摩と答えると、こう言った。

「俺、明日、そこ、行くから」

急襲だった。クラスの男子も同じようなことをよくしているらしかったが、自分の世界に引きこもるのが好きな上杉が、そんなことを言うのは珍しい。何かあったのかと聞く代わりに、いいよと答えた。もし何かがあったのだとすれば、ここに来ることがその解決になるかもしれない。

海洋研究所には、複数の宿直室がある。鈴木は貸してくれるだろうし、和彦が借りている部屋に一緒に寝てもいい。庭で野宿という手もあった。伊勢志摩の夏は、野天でも過ごしやすい。星が、恐ろしいほど光って見える。

「明日の朝、駅行って、乗れる電車に乗ってく。時間は、メールで知らせるから」

その言葉を最後に電話が切れた。直後、また呼び出し音が鳴る。

「おまえさぁ、今、どこにいんの」

若武の高い声が響き、和彦が答える間もなく次の言葉が飛んできた。

「そこって、俺のこと、受け入れオーケイか」

中学時代は、一生の中で一番つらい時期だと聞いたことがある。その中で惑《まど》っている自分たちは、大海で溺《おぼ》れているも同然だった。助け合わなければならない。しかし問題は、すでに来ることになっている上杉だった。それを若武に言おうかと一瞬、迷う。だが言えば、若武は来ないだろう。

「もちろんオーケイだよ」

ここには特別な風が吹いている。上杉と若武が一緒にその風に吹かれれば、二人の関係も変わってくるかもしれなかった。後で責められるとは思ったが、その時はその時で、何とかしようと考えていた。

第1章　青い真珠の謎

1

「何で言わなかったんだ、こいつも来るってこと」

「わかってたら絶対、俺、来やしなかったのに」

いかにも悔《くや》しそうに斜めの視線でにらみ合い、その怒りをこちらに向けてくる二人を、和彦はあわてて鈴木の前に整列させた。

「お話しした上杉和典と若武和臣です」

若武は持っていたボールを地面に置き、無造作にキャップを取る。上杉も帽子を脱ぎ、二人そろって野球でも始めるかのように頭を下げた。

「お世話になりまぁす」

「よろしくお願いしますっ」

鈴木は胸ポケットから革の名刺入れを出し、ちょっと気取った手つきで名刺を配る。仏頂面《ぶっちょうづら》だった二人は、急に顔を輝かせた。

「俺、名刺もらうの初めてです」

「俺も。カッコいいですね、名刺って」

印刷されている文字を、はしゃいだ声で読み上げる。名刺は、大人の世界の象徴だった。それをもらうと、対等に扱われたような気分になる。和彦も、ここに着いた時に鈴木からもらい、やはり紙面の文字を読み上げた。喜びをどう表現していいのかわからず、差し出せる自分の名刺も持たず、今の二人と同じように、海洋研究所所長というその肩書を声に出すことで敬意を表したのだった。

「所長なんですね、すごいな」

鈴木は自慢げな笑みを浮かべながらも、しきりに駅に続く道の方に目をやる。今日、研究所がウォータージェットを出した本当の目的は、東京から来る漁業組合のオーナー黒滝を出迎えるためだった。たまたま同日となった上杉と若武を同乗させてくれるよう、和彦が頼んだのである。

鈴木は軽く頷《うなず》いた。

「黒滝さんなら、同乗しても許してくれるだろう。歳《とし》は、私より随分《ずいぶん》若いが、できた人だからね」

できた人というのは、人格者という意味だろう。いつからそうなったのか、中学時代はどうだったのか、聞いてみたい気がした。

「ああ黒滝さん」

大きな声を上げた鈴木の視線を、まず和彦が追い、上杉と若武がそれに続く。

「こっちです」

コンクリートに照りつけて飛び散る強い日差しの中を、パナマ帽をかぶった着流しの男性が一人、こちらに歩いてきていた。手には褐色の扇子《せんす》を持ち、小さな合財袋《がっさいぶくろ》を提げている。近隣の人間と見間違えそうなほどの軽装だった。年の頃は四十代前半、長身で頭部が小さく、体つきは精悍《せいかん》だったが雰囲気は清々《すがすが》しい。上杉が目を見張ってつぶやいた。

「超カッケぇ」

歩くたびに、小千谷縮《おぢやちぢみ》の布地越しにバランスよくついた筋肉が見て取れる。引き締まったその体つきに、上杉だけでなく若武の目も吸い寄せられた。

「すげぇ大人の男だ」

和彦のクラスでも、大人の男についてはよく話題に上る。皆が憧《あこが》れ、強くてたくましくカッコいい大人の男になりたいと痛烈に願って、真面目《まじめ》な試行錯誤を繰り返していた。和彦もである。

「ご苦労様です」

鈴木が歩み寄り、嬉々《きき》として頭を下げた。

「五年ぶりの近鉄特急は、いかがでしたか」

黒滝は足を止め、大きく広げた片手をパナマ帽の上に載せる。帽子をつかんで顔の前に下ろし、掌《てのひら》の中に受けるように取った。端正な顔が露《あらわ》になる。

「いや五年前に来た時は、車だったんです。近鉄に乗るのは、中三以来ですよ」

袖口からのぞく日焼けした太い腕で、時計の黒いフェイスが光をはね返した。

「ピアジェ　アルティプラノだ」

つぶやいた上杉に、黒滝は視線を向ける。

「詳《くわ》しいな。君は、時計が好きなのか」

見つめられて、上杉はわずかに頬を赤らめた。言い訳でもするかのようにつぶやく。

「ムーブメントがきれいだから」

黒滝は再び帽子をかぶり、片手で無造作に自分の時計をはずすと、上杉の前にぶら下げた。

「やるよ」

上杉は、目を見開く。上杉だけではなかった。その場にいた全員が、信じられない思いで体を硬くする。上杉は戸惑った様子で首を横に振った。

「そんなつもりで言ったんじゃないです。それにアルティプラノは、大人の時計です。僕にはまだ早すぎると思います」

黒滝は、もう一方の手を伸ばし、上杉の頭に置いた。

「じゃ早く大人になれ。その時まで、君のために取っておく」

快活で力強い笑みを浮かべながら、上杉の頭を軽く叩《たた》く。上杉は、シャワー室から出たばかりのような顔つきになった。いつも冷ややかなその目が、うっとりとしている。隣で和彦は思った。これだけでも、ここに来た意味はあったに違いないと。

「ありがとうございます」

黒滝は頷《うなず》きながら若武の手にある名刺に目を留《と》め、合財袋の中から自分の名刺入れを出した。

「ボーイズ、手を出せ」

上杉も若武も、とっさに手に持っていた鈴木の名刺を口にくわえ、黒滝に向かって両手を突き出す。

「おい両手か。何枚持ってくつもりだ」

鈴木が笑った。和彦も微笑《ほほえ》む。

「君は、いらないのかな」

目を向けると、黒滝がこちらを見ていた。毅然《きぜん》とした光を浮かべた瞳の中には、深い孤独がにじんでいる。痺《しび》れてしまいそうなほど強烈な、大人の男の目だった。和彦は、魅入《みい》られて動けない。群れを作らず単独で生きる雄ライオンや、雄トラと向き合っているような気がした。

「おい、小塚」

隣にいた上杉が、肘《ひじ》でつつく。

「失礼だろ。さっさともらえよ」

和彦は、あわてて手を出した。

「すみません。いただきます」

受け取った名刺には、『黒滝建設　代表取締役社長　黒滝竜也』とあった。黒滝建設の名前は、和彦も聞いたことがある。有名な大手建設会社の一つだった。その名刺と本人を見くらべながら、何だか新しい品種を見つけたような気分になる。

有名企業の社長というのは、たいてい六十代だった。これほど若く、アスリートのように精悍で美しい男は珍しい。だがこれは今後、多くの社長が目指すようになるモデルタイプの一つなのかもしれないと思えた。

「ご挨拶《あいさつ》が遅くなりました」

黒滝は、鈴木に向き直る。

「お久しぶりです」

そう言いながら大きな両手で鈴木の手を握りしめた。

「お元気でしたか」

体が前かがみになり、博多織紗角帯《はかたおりしゃかくおび》の下で形のいい腰骨から大腿《だいたい》に続くラインが浮き上がる。

和彦は自分の腰に目をやった。貧弱すぎて哀しい。

「荷物は、もうパールホテルの方に着いているそうです。さっき確認しておきました。さ、船へ」

鈴木がうながし、黒滝が身をひるがえす。甘い香りが後に残った。

「香水か」

若武が鼻をひくつかせ、上杉がその頭をこづく。

「バカ、扇子《せんす》だろ」

和彦は、黒滝が持っている繊細な模様を切り出した扇子に視線を投げた。

「白檀《びゃくだん》だ。ジャワやチモールに生える半寄生の常緑小高木だよ。心材が香るんだ」

鈴木が思い出したようにこちらを振り返る。

「君たちも、早くおいで」

いつになく明るいのは、黒滝を迎えてうれしいのだろう。上杉や若武も、すっかり黒滝の虜《とりこ》だった。和彦も浮き浮きしている。黒滝が、どんな中学生時代を送ったのか。それを聞きたかった。生きづらい今の毎日に、光が射すかもしれない。

「どうぞ、中へ」

屋根の下に誘う鈴木を、黒滝は片手で断り、船尾に向かう。和彦もついていきたかったが、失礼かもしれなかった。遠慮して鈴木の後ろに従い、操舵室《そうだしつ》に続く観覧室の屋根の下に入る。左右の壁に沿って取りつけられた木のベンチに腰を下ろし、体をねじって、目の位置にある横長の窓から甲板の方を見た。黒滝はこちらに背中を見せ、両腕を船縁《ふなべり》の手すりに載せている。くっきりと通った背筋のくぼみが美しい。

「大殿筋《だいでんきん》、超カッコいい」

和彦の隣で振り返っている上杉の目は、黒滝の角帯の下、生地《きじ》越しに感じられる盛り上がりに釘《くぎ》づけだった。

「どんだけ鍛えてんだろ。だけど鍛えれば、誰でもああいう形になれるってもんじゃないよな。すげぇきれいだもん。顔小さくて、全身のバランスも抜群だし」

半ば腰を上げかけて見入っていた若武が、とろけんばかりの溜《た》め息をつく。

「体、見たいな。きっとものすごくカッコいいぜ」

上杉が、一気に若武に向き直った。

「荷物が着いたって言ってたから、滞在すんだ。泳ぎに誘おう。それで一発だ」

二人は親指を立て、片目をつぶって満足げな笑みを交わす。悪だくみならあっさりと合意にいたるというのに、普段はなぜもめるのか、和彦には不思議だった。

「あいつの気前のよさを見たか。自分の所有物に執着しない。それこそ男だ」

言い切って若武は、ベンチに座り直す。羨望と嫉妬の入り交じった表情で膝の上にボールを置くと、両手を上げて頭上で組んだ。

「外見はパーフェクト。金もありそ。地位もあるぜ、漁業組合のオーナーで、その上」

胸ポケットに指を二本差しこみ、もらった名刺を抜き出す。

「あの若さで大手建設会社の社長だ。満点じゃん。俺たちの目指すのは、まさにここ、黒滝竜也だ」

指の先で挟んだ名刺を振り動かしながらふと自分を見下ろし、さらに上杉から和彦の方に視線を流して情けなさそうな顔つきになった。

「あまりにも距離があるような気が、しないでもない」

大きな溜《た》め息をつき、天井を仰ぐ。

「俺たちって、いつ、ガキから男になれるんだろ」

上杉が眉を上げた。

「そりゃ、あの時だろ」

そう言ってから一瞬、真面目《まじめ》な顔になり、付け加える。

「もしくは、その後の、あの時だ」

和彦は唇をゆるめる。どうやら上杉は、生物学的な男と、社会通念上の男の二パターンに分けてみたらしい。細かく正確に物事をとらえないと気がすまない質《たち》だった。

「だがどっちにしろ、あんなカッコよくなれるかどうかは疑問だ」

若武は、いかにも難《むずか》しいといった顔つきになる。

「それどころか、男自体になれないってこともある」

意味を測りかねて和彦が首を傾《かし》げると、上杉が皮肉な笑みをもらした。

「男のヒエラルキーは、三段階だ。一番上が、カッコいい男。次が、ただの男。一番下が、オス」

上杉の説明を受けて、やっと理解できた。

「オスには、誰でもなれる。努力しなくてもいい。だがカッコいい男になるには、色々な物を獲得しないとダメだ。教養とか、ステータスとか、それから」

背後の窓ガラスがトントンと叩かれる。振り向くと、黒滝が近寄ってきていた。人差し指で外に招いている。

「俺、呼ばれてる」

若武がすっくと立ち上がり、その胸の前に上杉が腕を突き出して押しのけた。

「呼ばれたのは、俺だ。どけ」

二人で争い合いながら出ていく。和彦は向かい合ったベンチに座っている鈴木に目を向けた。見なれた景色は退屈《たいくつ》なものらしく、半ば眠りかけている。

「東京で社長をやって、伊勢志摩でオーナーもやるって、黒滝さん、すごいですね」

鈴木はゆっくりと目を開き、窓の向こうに黒滝たちの姿を捉《とら》えた。

「オーナーっていっても資金を出しているだけで、運営は漁業組合がやってるからね。黒滝さんは、ここの人間なんだよ。昔は河上といったらしい」

和彦は、耳を欹《そばだ》てる。

「中学は私の出身校と同じ、今の漁業組合長の亀田さんとは同級生だ。よくできる子だったたって話だよ。高校からは東京で、結婚して今の苗字《みょうじ》になったわけ」

和彦は、河上と呼ばれていた中学時代の黒滝を想像した。あの浅黒い肌には、伊勢志摩の太陽が染みこんでいるのだ。その心には、和彦がここに来て感じた命の活力が秘められているのに違いない。

「五年前、私がこの海洋研究所に赴任した直後、このあたりは大規模な新型赤潮に襲われてね」

和彦は思わず声を上げた。

「ヘテロカプサ・サーキュラリスカーマですね」

新型赤潮は、従来の赤潮の発生率が低くなってきていた時期に突然、魔法のようにこの世に出現した。その正体は、縦横二十㎛前後の藻である。伊勢志摩の南方に広がる熊野灘《くまのなだ》沿岸で発生し、赤潮を形成して日本列島にそって北上する。毒性を持ち二枚貝を斃《へい》死させるが、魚類には影響を与えないことから、貝の内部を破壊する分解酵素を持っているのではないかとの学説が立っていた。

「よく知ってるね。それで真珠養殖用のアコヤ貝が全滅したんだ。百億に近い損害を出して漁業組合は立ち行かなくなり、県の補助金でも追いつかなかった」

海の向こうに、真珠養殖の筏《いかだ》が見えてくる。あちらこちらに点在する無人の小島の間に、まるでUSBメモリーでも並べたかのように規則正しく浮かんでいた。その上を歩いて点検している作業員の姿が見える。

「寄付を募ったり、私もコネをたどったりして、皆、必死だったよ。そんな中で漁業組合長の亀田さんが、東京にいた黒滝さんに援助を頼んだんだ。黒滝さんは、負債の全額を提供すると言ってくれた。それも私財でだ。皆で、拝まんばかりに感謝したねぇ」

故郷の窮地を救って、黒滝はヒーローとなったのだ。その行動は、和彦が黒滝に思い描いているイメージにピッタリだった。巨額を融資するには、その金を持っているだけでは足りない。何よりもまず決断する勇気を持っていなければならないのだ。黒滝がそれを有する男であるとわかって、うれしかった。

「それで実質上のオーナーになったんだが、本業が忙しいから経営には参加できないという話で、漁業組合はこれまで通りだ。黒滝さんがここに来るのは、その時以来なんだ。皆、喜んでるよ。何といっても救世主だからね」

和彦は、船縁で肩を並べている三人に目をやった。楽しげに視線を交わし、はしゃいでいる。海岸線は複雑に入り組みながら弧を描いて海に張り出しており、ウォータージェットはその突端をかすめて外海に出た。

岬の端に四角な灯台があり、そのそばで白い建物が光をはね返している。オレンジ色の屋根を揚げたスペイン風の造りだったが、ホテルという感じでもない。和彦は、それを指差した。

「あれは、何ですか」

鈴木は中腰になり、顎を上げて海の向こうを振り返る。

「ああ、ずいぶん前から廃屋だよ。昔あのあたりをリゾート地として開発する計画があって、集客も兼ねてハマチの養殖場が作られていたらしい」

それで華やかな造りなのかと思いながら、どっと笑い声を上げた上杉たちの方を見る。並んでいると、一人の男と二人の子供としかいえないほど歴然とした差があった。その目で自分をながめてみれば、やはり一人の子供である。さっきの若武の言葉に、自分の思いを重ねてつぶやいた。

「僕たちって、いつ男になれるんだろう」

2

伊勢志摩海洋研究所のある鷲巣島《わしのすとう》は、徒越湾《かちごえ》に突き出した阿児《あご》半島と二つの橋で結ばれている。島の周囲には鋸《のこぎり》の刃のように複雑な海岸線と砂浜が続き、数多くの湾があった。鷲巣島の南部に位置する研究所も、やはり小さな湾に面している。

海沿い以外は山で、研究所の東側にある坂道を北西に向かうと、上り切った所に繁華街が広がっており、駅があった。

駅から研究所へは海を回った方が早く、職員たちは繁華街の南側に設けられた船着き場から出る定期便を使っている。研究所所有のウォータージェットは燃料費が馬鹿にならず、今日のような特別の客でもない限り出動しなかった。

「歓迎会は、市内の『史ノ矢』です。時間になったら船でお送りしますので、それまで研究所内でも見てやってください。前にいらした時とは、だいぶ変わりましたし」

鈴木の先導で黒滝は栈橋を渡り、浜辺の白い砂を踏んで研究所に上る数段の階段に足をかける。和彦たちもその後ろに続いた。

「さ、どうぞ」

先に立った鈴木が研究所のドアを開け、こちらを振り返る。その時、緑の木々の間で白いパラソルが光を反射し、間もなく坂道の出口から一人の女性が姿を見せた。和彦は息を詰《つ》める。

透き通りそうなほど色の白い、しなやかな感じの女性だった。長い髪をまとめて後頭部に結いあげ、細い項《うなじ》を光にさらしている。柔らかそうな白絹のワンピースは脹脛《ふくらはぎ》まであり、素足に赤いメッシュの編み上げサンダルを履《は》いていた。片手に持ったパラソルをわずかに揺らしながら、こちらに歩いてくる。風に乱れた後《おく》れ毛が頬にまつわるのを、細い指でかき上げながらわずかに微笑《ほほえ》んだ。

和彦は、急に鼓動が高くなる。喉の奥で響き渡る心臓の音を聞きながら、ただただ突っ立ち、見つめていた。女性は、研究所の前に立っている和彦たちにはまったく関心を示さず、その前を通りすぎていく。空中の一点を見つめ、一定の歩調を保ち、まるでそこに自分だけが知る道でもあるかのように歩いていた。

白いスカートをひるがえし、遠ざかっていく後ろ姿には、人間というより植物の雰囲気がある。和彦は、すらっとした月見草を思い浮かべた。同時に、月に向かって上っていったという御《お》伽話《とぎばなし》のかぐや姫を連想する。それらの儚《はかな》さが、どこか似ていた。

「相変わらずきれいですね」

そう言ったのは、階段に足をかけながら振り返っていた黒滝だった。鈴木が頷《うなず》きながら和彦たちの方を見て、先ほど女性が現れた道を指差す。

「この坂の途中に住んでる片桐詩帆子《しほこ》さんだ。中学の頃から、ずっとああなんだよ」

和彦は再び女性の方を見た。風を受けたスカートがヨットの帆のように膨《ふく》らみながら、細い脚にまつわっている。

「親はいなくて、爺《じい》さんと婆《ばあ》さんが引き取って面倒を見てるんだけどね、先が心配でならないって言ってるよ。まぁ気の毒なことだ」

黒滝が大きな息をついた。

「私の同級生ですよ」

和彦が目を向けると、黒滝は視線を伏せる。

「新型赤潮の騒ぎで久しぶりにここに戻った時、すれ違いました。まだ、あのままなんですね」

鈴木が労《いたわ》しそうに首を横に振った。

「あんなことがあったんですから、無理もないですよ」

和彦の後ろから、若武が身を乗り出す。

「何があったんですか」

その隣で上杉も、興味津々《しんしん》の様子だった。

「母親が、海で行方不明になったんだ。母一人子一人だったという話だし、中三の多感な年頃でショックも大きかったんだろう」

和彦は、自分と同じ中学生で母を失った詩帆子の心に思いをはせる。二人きりの家族という環境での母親の行方不明は、さぞ身に堪《こた》えたに違いなかった。痛ましく思いながら、その美しい姿が消えた方向を見つめる。

「かわいそうだな」

若武がしんみりとした口調で言い、すぐさま勢いよく提案した。

「今度、出会ったら話しかけてみようぜ。俺たち、何か力になれるかもしれないじゃん」

いつも前向きで積極的なのが若武のいいところであり、同時にガキ臭い、ウザいと言われる由縁でもあった。

陽気な積極性が評価されるのは小学校までで、中学生になったらちょっとタルそうでアンニュイな態度、それがカッコいいということになっていた。きっと上杉が、いつものように皮肉を言うだろう。そう考えながら和彦は、鈴木の前での言い争いを避けるために、上杉に釘《くぎ》を刺しておこうと振り返った。

鋭いきらめきを浮かべた上杉の目が視界に飛びこむ。降り注ぐ強い陽射しを反射し、限りなく透明な輝きを放っていた。和彦が圧倒されていると、上杉はそれを鈴木に向ける。

「海で行方不明って、どういう状況だったんですか」

鈴木は正確に思い出そうとしてか、慎重な表情になった。

「詩帆子の母親は、海女《あま》だったんだ。ところが突然、姿を消し、捜索が行われたものの、三十年経《た》っても未《いま》だに行方不明のままだ。で、トモカヅキにやられたって話になっている」

上杉はキョトンとする。土地の民話を知っていた和彦が、間に入って説明した。トモカヅキというのは、海中に住む妖怪だった。海女が海に潜《もぐ》っていると、突然、自分にそっくりな海女が現れる。そばに寄って来てアワビを差し出したり、手をつかんでもっと収穫の得られる場所に連れていこうとする。それに騙《だま》されてついていくと、深海に誘いこまれて呼吸が続かなくなり、溺《おぼ》れてしまうのだった。海女たちから、もっとも恐れられてきた海の魔物である。

「トモカヅキにやられ、引き潮で太平洋に流されてしまえば、それっきりだからね」

鈴木の話に耳を傾けながら上杉は、怒りを浮かべた目で和彦をにらんだ。数学が好きで、素数やら恒等式やら常に数字をひねり回している上杉にとって、民話から結論を出されるというのは、激怒を抑《おさ》えられないほど納得できないものらしい。

和彦は横を向き、素知らぬ振りでその怒りをやり過ごした。一時の感情の盛り上がりを真面《まとも》に受け取るのは、お互いにとってよくないことだと思っている。

「詩帆子の母親が行方不明になると同時に、青い真珠も消えてしまった。その後、見た人間が一人もいないんだ」

若武が、すかさず話に食いつく。詰《つ》め寄るような勢いで鈴木に近寄った。

「何ですか、その青い真珠って」

和彦も、初めて聞く話だった。

「青い真珠が取れたんだよ。海女たちは、海から上がると火を焚《た》いて体を温めるんだが、その日は詩帆子の母親が自分の取ったアワビをいくつか焼いて、皆に御馳走《ごちそう》したらしい。今日は娘の誕生日だからってね。そのアワビの一つから、青い真珠が出たんだ。相当な大きさで、目の覚めるようなウルトラマリンだったという話だ。他の海産物と一緒に漁業組合に出して売るのが普通なんだが、詩帆子の母親は、娘にプレゼントすると持って帰った。ところが間もなく行方不明になり、詩帆子を引き取った爺《じい》さん婆《ばあ》さんは、そんなものはどこにもなかったと言っている」

和彦は、若武や上杉と目を見合わせる。一人の人間が消え、それと同時に貴重な物が無くなったとなれば、その二つに因果関係があると考えても不自然ではなかった。

「もっとも私は、その頃、まだここにいなかった。人伝《ひとづて》に聞いただけでね」

話を収めた鈴木から、若武は、黒滝の方に向き直る。

「じゃ詩帆子さんと同級生だった黒滝さんは、その時のことをよく知ってるんですよね」

活気づいた声を聞けば、若武の心がすでに真相解明に向けて動き出しているのは明らかだった。和彦は内心あせる。

若武の夢は二つあり、一つはサッカー選手になること、もう一つは、テレビに出たり新聞に載ったりして目立つ存在になることだった。そのためのもっとも手っ取り早い方法は、大人が手に負えなかった難事件や、迷宮入りになった事件を解決することだというのが若武の持論である。

この目的に沿ってすでに探偵チームを結成し、自分がリーダーになっていた。名付けて探偵チームKZ《カッズ》。若武の話術の巧みさは詐欺師《さぎし》並みで、上杉も和彦もそれに巻きこまれた。他にも三人のメンバーがいる。

学校と塾を往復する毎日の中で、異空間を感じられるKZの活動はおもしろかったが、ここで始めるのはさすがにまずいと和彦は思った。この地で自分たちは余所者《よそもの》であり、ただのツーリストである。地元の昔の行方不明者や遺失物を捜す調査などに手を付ければ、反感を招くだろうし、受け入れてくれた鈴木にも迷惑がかかるだろう。

「まぁ、リアルタイムだったけどね」

黒滝は口を切りながら、海の方に視線を投げた。

「まだ中学生で、大人の世界で起こったことからは、ちょっと遠かったかな」

確かに大人は、自分たちの間で起こったことを子供の目から隠したがる。

「それについては、鈴木所長が今言っていた程度にしか聞いてないね」

時の向こうを見つめるような眼差《まなざし》で、繰《く》り返し海上をなぞる。その横顔には、かすかな苦《にが》みと、何かを突き抜けたような爽《さわ》やかさが漂っていた。いかにも大人の男である。

「おう黒滝、やっぱ、もう来とったんやなぁ」

突然、濁声《だみごえ》が響く。目をやれば、作務衣《さむえ》を着た中年の男性が短く太い手を振りながら近づいてきていた。後ろに、小学校五、六年くらいの少女を連れている。和彦の隣にいた若武が、片手で素早く髪をかき上げた。上杉が肘《ひじ》でつつく。

「女が現れたからって、スカすな」

中年男性は、肉厚の肩を左右に揺らしながらそばまでやってきて足を止めた。

「そやろ思て、ついでに寄ってみたんや」

黒滝は男の前に歩み寄り、片手を差し出して握手を交わす。

「元気そうだな。忙しいか」

男は口を大きく開け、豪快に笑い飛ばした。

「そぉやんな、貧乏暇なしってとこやわ。その坊ら三人、のぅの子か」

黒滝は、笑みを含んだ目を和彦たちに向ける。

「そうならええんやがな」

懐かしさに誘いこまれるように、言葉を訛《なま》らせた。

「そこで知りおうたばっかりやわ。後ろにおんのは、陽香《ようか》ちゃんか。大きなったやんか」

黒滝に見つめられ、少女は恥ずかしそうに俯《うつむ》く。若武がささやいた。

「ちょっと、かわいいよな」

すかさず上杉が冷笑する。

「ロリコンかよ」

若武はムキになり、このままでは口論になると察した和彦が、あわてて鈴木に声をかけた。

「鈴木さん、僕たちのことも紹介してもらえますか」

鈴木が階段を降りてきて男性の前に立ち、手で和彦たちを差す。

「名古屋大学の穴樫《あながし》教授から頼まれて、この夏、研究所でお預かりしている東京の中学生です。何でも国際的に有名な学者さんのご子息とか。小塚君と上杉君、それに若武君です」

上杉と若武が、大声で挨拶しながら頭を下げた。その後に和彦が続く。

「こちらは、漁業組合長の亀田さん」

鈴木との会話でいく度か出てきた名前だった。確か黒滝とは、中学の同級生である。漁業組合の危機に際して亀田が救いを求め、黒滝が出資したというくらいだから、二人の友情は篤《あつ》いのに違いなかった。和彦が改めて頭を下げると、亀田は反《そ》り返るようにしてわずかに頷く。髭《ひげ》の濃い顔で、大きな目には威圧感があり、いかにも漁師たちを束ねて漁場を管理する組合長にふさわしい容貌だった。

「それから娘の陽香ちゃん。君たちと同い年かな」

若武が、そら見ろといったような顔を上杉に向け、間髪を入れずに陽香に微笑みかける。

「こんにちは、陽香さん。僕は若武、こっちは小塚と上杉です。僕たち、このあたりは初めてなんだ。よかったら、後で案内してくれないかな」

陽香は戸惑い、父親の顔を見上げた。亀田は太い笑い声を上げる。

「呆《ほう》けた顔しとらんと、子供んことは子供んことや。好きんしゃええやんか」

そう言うなり、黒滝に向かって再び手を上げた。

「そんじゃぁこんで。歓迎会で会おやんか」

亀田が坂道の方に歩き出すと、陽香もあわてて後を追っていく。それを見ながら鈴木が溜《た》め息をついた。

「また詩帆子の爺さん婆さんに、早く病院に入院させろと言いに行くんですよ。その方が本人のためだからって」

哀しげにも、無念そうにも聞こえるつぶやきだった。

「婆さんが嘆いてました、本音は見え見えだって。詩帆子にこのあたりをうろつかれて、養殖の筏《いかだ》なんかに悪さでもされたら、組合の水揚げに差し支えると思ってるんです。利益のことしか考えない人で」

そこまで言ってあわてて言葉を呑《の》み、黒滝を見た。

「すみません、つい。ご内密に願います。色々あるものですから」

和彦は、鈴木が電話で語気を荒くしていたことを思い出す。あの相手は亀田だったのかもしれない。

「もちろんです」

黒滝は微笑んだ。

「亀田のことは、よく知っていますよ」

静かでありながら、含《ふく》みのある言い方だった。

「中学の頃は、一緒に遊んでましたからね」

和彦は、上杉や若武と視線を交わす。深い友情で結ばれているものとばかり思っていたが、二人の関係はもっと複雑なのかもしれなかった。

3

「そんじゃ、ここの漁業組合を救ったのは黒滝さんなんだ。すげぇじゃん」

「やっぱ、何かとカッコいいよな」

「だけど、さっきの亀田組合長って、黒滝さんに助けてもらったにしちゃ態度デカくなかったか。タメ口だったぜ」

「そういうキャラなんだろ。それとも同級生だからとか」

その夕方、黒滝の歓迎会は、繁華街にある料亭で行われた。鈴木を始めとする職員たちは全員、出席し、研究所に残ったのは、三階の宿直室を宛《あてが》われている和彦たち三人のみだった。同じ店に仕出しを頼んでくれてあるとかで、それで夕食をすませるよう言われていた。

「小塚さぁ」

広い風呂場の隅にあるシャワーブースから、上杉の声が響く。水音と交じり合い、風呂場の岩盤に反響して大人びて聞こえた。

「アワビから真珠が出るって、ありか。しかも青って」

和彦は湯出し口の前に低い椅子を置き、座ってタオルに石鹸《せっけん》を塗《ぬ》る。温泉らしく、泡立ちにくかった。

「ありだよ。真珠層のある貝は、たいてい真珠を作る。アコヤ貝はもちろんだけれど、アワビやサザエなんかも普通に作るし、ハマグリやアサリが作ったって記録もある。色も、黒から金まで様々なんだ」

風呂場のガラス戸を開けて入ってきた若武が、和彦の後ろを通りかかる。思いついたように足を止め、和彦の肩越しにのぞきこんで正面を見下ろした。

「おまえのって、形いいよな」

和彦はギョッとし、若武を振り仰ぐ。

「何が」

若武は溜《た》め息をつきながら、隣のブースに移動した。

「臍《へそ》」

大きな音を立てて椅子を置き、カランを開く。

「海パンはくと、モロ見えすんじゃん。俺の臍って丸いんだ。ガキ臭ぇ。毎日引っぱってたら、少しは長くなっかな」

シャワーが止まり、ドアの開く音がした。隣のブースから若武の声が飛んでくる。

「今の、上杉に言うなよ」

和彦は、二人が臍をめぐって応酬し合う様子を思い描いた。どちらが、どういう理由で勝つのだろうか。自分の臍を見おろし、首を傾げる。評価の基準がわからなかった。

「あいつの臍は、悔《くや》しいが超カッコいいんだ。絶対、俺のこと、馬鹿にするに決まってる」

近寄ってきた上杉が、和彦たちの背後を通りすぎる。

「聞いたぞ」

若武の背中を刺すように言いながら、湯船に歩み寄った。若武は硬直し、微妙に耳を動かす。

「若武、おまえ、学期末に問題起こして、林間学校に参加させてもらえなくなったんだって」

そうだったのかと和彦は思う。それで、ここに来たかったのだ。皆が林間学校に行っている間、家で一人で過ごすのは辛すぎる。

「さっき学校裏サイト開けたら、おまえんとこ、すごい盛り上がりだったぜ」

若武は舌打ちしたが、臍の話でなかったことにほっとしたようでもあった。上杉は、海を見下ろす広々とした湯船に足を入れる。

「すでにタイトルもついてる。若武和臣コンテナ事件だ」

若武は、湯出し口の上の棚に置かれていたボディジェルのポンプを力任せに押し、掌《てのひら》に泡の山を作るとそれを直接、体に擦《なす》りつけた。

「あれは、単なる茶目っ気だ。目くじら立てて処分するほどのことじゃないじゃん」

腹だたしげに体をこすりながら、たちまち泡に塗《まみ》れていく。

「何があったの」

和彦が尋ねると、湯船に沈んでいた上杉が湯の音をさせた。

「若武は、給食が入っている大型コンテナのキャスターがよく動くのに目を付けた。それで昼食の後、コンテナの上によじ登って身を伏せていたんだ。給食センターの職員二人が、このコンテナを押して廊下を通り、駐車場にある車まで運んだ。その間中、若武はコンテナの上に立ち上がってピースサインを出したり、バック転したりしていたんだ。通りすがりの生徒たちがそれを見つけて大喜びで、大撮影会に発展した」

和彦は笑い出しそうになる。何も知らずにコンテナを押していく職員たちと、その上でパフォーマンスを展開する若武の得意げな顔、それを見かけた生徒たちの興奮を想像すると、おかしかった。

「しかし悪いことはできないもので、駐車場の出入り口にあった積載規制の横幕に引っかかり、悪運つきて落下。校長室に呼ばれて、大目玉を食らった」

若武は、頭上に持ち上げた湯桶《ゆおけ》から自分の上に一気に湯をぶちまけ、ぶるっと頭を振る。

「俺が落ちたのは、横幕のせいじゃない。古い渡り廊下の天井が低くなってて、そこに目から火が出るほどぶつかったからだ。しかも怒られたのは、校長からじゃない。ちょうど視察に来てた県の教育委員会の委員長からだ、ちきしょうめ」

叫び声を上げ、上杉の入っている湯船の手前まで歩くと、ジャンプして中に飛びこむ。天井まで湯が跳《は》ね上がり、それが収まった時には、上杉の顔から眼鏡《めがね》が消えていた。

「若武、おまえ、眼鏡、捜せっ」

上杉に怒鳴られ、若武は潜水夫のように湯の中に潜《もぐ》っていく。水泡をいくつも浮かび上がらせながら底を泳ぎ、やがて上杉の眼鏡を手にしてザバッと顔を出した。

「ご苦労。褒美《ほうび》は、これだ」

さらうように眼鏡を取り上げた上杉は、もう一方の手を若武の後頭部に回し、その顔を湯の中に突っこむ。

「二度とやるなよ、わかったか」

若武は水中でもがき、片手でオーケイサインを出してようやく放してもらった。

「きっさま、覚えてろよ」

ずぶぬれの顔でにらんだ若武に、上杉はアカンベする。

「覚えててたまるか」

延々と続きそうな二人のやり取りに、和彦は背中を向けて体を流し、髪を洗って立ち上がった。二人がまだじゃれている湯船の端に、そっと身を沈める。曇り止めをした大きなガラス窓の向こうに、暮れなずんでいる海が見えた。浜辺の誘蛾灯《ゆうがとう》が、養殖の筏《いかだ》の上に濡《ぬ》れたような光を投げている。若武がここに来た理由はわかった。上杉は、何だったのだろう。

「あのさぁ、海女と青い真珠の行方不明って、気にならないか」

湯気の向こうで若武が泳ぐように湯船の縁に近付き、そこでターンして背中をもたせかけた。

「これは事件だ。調べてみようぜ。真相を解明するんだ」

予想通りの展開に、和彦はあわてる。

「無理だよ。俺ら、この土地の人間じゃないんだし」

若武は、自分の両手をしっかり握り合わせ、それを沈めると、和彦に向けて勢いよく湯を飛ばした。

「くだらんことを言うな」

弓なりに飛んだ湯は、和彦の顔にまともに当たる。飛沫《ひまつ》を鼻から吸いこんで、和彦はむせ返った。

「義《ぎ》を見てせざるは、勇《ゆう》なきなりって言うだろ。人間には、行動しなきゃならない時ってのがあるんだ。それをスルーしてたら、おまえ、いつまでたっても男になれんぞ」

上杉が、すかさず突っこむ。

「ここで真相を解明することの、どこが義なんだ。おまえ、自分の目立ちたい願望を叶《かな》えようとしてるだけだろ」

若武は一瞬、言葉に詰《つ》まった。どうやら図星《ずぼし》だったらしい。しかし持ち前の話術で、すぐ巻き返しにかかる。

「真相をはっきりさせれば、詩帆子さんの心を癒やすことができる。三十年間もさ迷っているあの人が、かわいそうじゃないのか。救ってやりたいって思わないのかよ。ここでただ遊んで時間を過ごすより、誰かのためになろうじゃないか。それが義だ」

そう言われてしまうと、反論するのは難《むずか》しいことだった。若武の趣味かつ得意技は、人の心を思い通りに動かすことで、そのためにはどんな理屈でもひねり出すし、卑怯《ひきょう》な手段を使うこともためらわない。

それがわかっていても和彦は、いつもその言葉に心を動かされ、誘いこまれてしまうのだった。今も若武が口にした三つ、義という観念、男になるという行動、そして詩帆子を救うという提案に心を揺さぶられている。

「小塚は、俺らがこの土地の人間じゃないって言うけどさ、じゃ、この土地の人間って、詩帆子さんのために何したんだよ。三十年間、何もしてないじゃないか。ずっと真相を突き止められず、あのかわいそうな人を放っておいたんだぜ」

確かに、その通りだった。和彦は、浜辺を歩いていった詩帆子の姿を思い浮かべる。ただひたすらに歩いていくその様子は痛々しかった。

「詩帆子さんが求めているものは、はっきりしてる。行方不明の母親と青い真珠だ。それらを見つけてやろうじゃないか」

真相がはっきりすれば、詩帆子の迷夢にはピリオドが打たれるかもしれない。この彷徨《ほうこう》を終わらせ彼女を救うには、それが唯一の方法だろうと思えてくる。

「俺たちが助けないで、誰が助けるんだよ。それができるのは、俺たちだけだろ」

そこで言葉を切って若武は背筋を伸ばし、湯気の上がっていく天井を見上げた。

「きっと俺たちは、そのためにここに導かれたんだ。これは、俺たちが男になるための試練であり、宿命だ」

上杉が両手に湯をすくい、若武に近寄ってその頭からぶちまける。

「超ウぜぇ。どーゆーファンタジーだよ。いちいちカッコつけんじゃねー」

直後、わずかに身をかがめた若武が上杉の脚を掬《すく》い上げ、湯の中に沈ませた。もがく上杉の頭に手を置いて湯船の底に押しつけながら和彦を振り返る。

「いいな、小塚、やるぞ」

和彦は頷《うなず》く。詩帆子の心を楽にしてやりたかった。

「よし、賛成二票だ」

若武は、上杉の肩をつかんで湯から引き出し、その顔に人差し指を突きつける。

「多数決により我が探偵チームＫＺは、行方不明の海女と青い真珠の謎を追うことになった。おまえ、除名になりたくなかったら調査に協力しろ」

瞬間、上杉は、口に含んでいた湯を噴き出して若武の顔を直撃した。まるで鉄砲魚のようにあざやかなやり方で、和彦は感嘆の声を上げる。

「すごい、上杉、鉄砲魚に尊敬されるよ」

不意をつかれた若武は後ろに倒れ、湯の中に沈没した。

「くっそ、小塚を丸めこみやがって」

上杉は手の甲で口を拭い、いまいましげな息をつく。

「若武、おまえの将来は詐欺師で決まりだ、絶対」

若武は、派手な音を立てて湯から飛び出し、両手で顔を拭った。片耳ずつ水を抜きながら和彦と上杉に目を配る。

「事件を整理する」

その顔からは、何をやり出すかわからないさっきまでの腕白《わんぱく》な雰囲気は消えていた。先を見て今を決めるリーダーの顔になっている。和彦はふと、これで若武の心のケアもできるかもしれないと思った。

学校から処分を受ければ、口でいくら反発していても、内心では自分の価値に懐疑的になる。ここで真相を突き止めたり、詩帆子を救ったりできれば、傷ついているに違いない心や、下がっている自己評価も回復するだろう。

「これは三十年前、海女が行方不明になり、持っていた真珠が消え、その娘が心身に変調を来《きた》したという事件だ。単純に考えれば、何者かが海女を襲って真珠を奪い、それを知った娘がショックを受けたということになる。三方から攻めよう」

そう言いながら強い意志をこめた二つの目を、上杉に向けた。

「おまえは、新聞社や週刊誌のデータベースにアクセスして、この事件の報道記事を見つけろ。まず事実を把握するんだ。わかりしだい俺たちのスマホに送れ。俺は、詩帆子の母親と一緒に海女小屋にいたという海女たちを当たる。青い真珠が出てきたことを知っていたのは、その連中だけだからな。小塚は詩帆子さんに接触しろ。何でもいいから聞き出すんだ」

和彦は戸惑う。そんなことが自分にできるだろうか。困惑しながら若武を見ると、若武は問題ないといったように片手を軽く横に振った。

「人あたりの柔らかいおまえが適役だ。動植物の観察なら、お手のものだろ。人間も動物だ。詩帆子さんのことは、そうだな、雌《めす》のオランウータンとでも思え。いいな。じゃ戦闘開始だ」

4

若武は服に頭を突っこみ、袖から腕を出しながら飛び出していく。それを上杉が追いかけた。和彦は二人が放置していった桶《おけ》と椅子を片づけ、床に飛び散った水滴を拭き取る。使った脱衣籠《かご》を元に戻そうとして、その中にメモがあるのに気づいた。若武の字で、サンクスと書いてある。和彦はちょっと笑い、それをゴミ箱に捨てた。

誰よりも素早い若武、誰よりも鋭い上杉。二人は時々、和彦のクラスメートと同じくらい乱暴だった。和彦も持てあますことがある。だがクラスメートと決定的に違っているのは、自分たちと異質なものも肯定し、受け入れるところだった。早くも鋭くもない和彦の中に、丁寧《ていねい》さや根気を見出し、それを評価して尊重してくれている。和彦が二人と付き合い続けているのは、一緒にいると自分の価値を信じることができ、うれしいからだった。

その期待に添うべく、黙々と自分の役目を果たしてから風呂場を後にする。詩帆子に接近するには、どうすればいいのか。そう考えながら研究所の玄関を出ると、西の海に夕日が沈んでいくところだった。

赤く染まった太陽は、光を失って月のように静まり返り、空の中に静かに収まっている。その下で黄金の波が海を覆《おお》いつくし、きらめいていた。波間に影を落としながら鳥の群れがいくつも山の方に帰っていく。

詩帆子も、きっと家に帰るだろう。確か鈴木の話では、研究所の脇に通じている坂道の途中に住んでいるということだった。

和彦は玄関から踏み出し、数段の階段を降りかける。スマートフォンがメールの着信音を鳴らし、取り出してみると上杉からだった。

「地方紙社会面に記事があった。詩帆子の母親は、塚本君江三十八歳、海女。事件当日、いつものように海に出てアワビやサザエを採り、仕事を終えた後、海女小屋でアワビを焼いて皆に振る舞った。その際に、大きな青い真珠を発見している。それを持って家に向かったのが、昼少し前。ところが翌日、海女小屋に姿を見せなかったので、体調でも悪いのかと仲間が昼頃、家まで見にいった。しかし君江の姿はどこにもなく、その後、警察が捜査に乗り出したが見つからなかった」

つまり前の日の昼前から翌日の昼までの間に、どこかに消えたということだった。

「警察では事故と結論している。慣れた海女でも、海で命を落とすことは珍しくないそうだ。岩の割れ目に挟まって抜けられなくなったり、海藻に巻きつかれたり、それから小塚、おまえが言っていた民間伝承トモカヅキにやられたり、だ」

文字の間に、皮肉な響きがこもっている。上杉の吊《つ》り上がった目が、笑みを含んでこちらを見つめているような気がした。

「青い真珠については、漁業組合の漁獲記録に記載がなく、また盗難届も出ていないところから、警察では存在そのものに懐疑的で、君江の行方不明ということのみで捜査を進めたようだ。こういうのを、お役所仕事って言うんだぜ。これから他の新聞と週刊誌を当たる、以上」

和彦はスマートフォンをポケットに入れた。青い真珠を見たという海女たちの証言だけでは警察は信用せず、青い真珠は存在しなかったとされているのだった。もしそのためにこの事件が起こったのだとしたら、捜査は真実からはるかに隔《へだ》たった所を彷徨《さまよ》っただけということになる。

ポケットで、スマートフォンが急《せ》き立てるように鳴り始める。和彦はあわてて摑《つか》み出した。

「上杉のメール、見たか」

若武だった。相変わらず反応が早い。

「警察が否定した青い真珠の存在を、俺は確信している。ハイスペックな俺の勘だ」

言葉遣いは、常にオーバーで気分的、しかもロマンティック。統計と確率を重視する上杉とよくぶつかるのは、そのせいだった。

「これから海女に聞いて回って、はっきりさせるが、俺の推理はこうだ。君江は家に帰る途中、何者かに襲われて真珠を奪われた。ここから二パターンに分かれるが、一つは、その際抵抗して殺害された。もう一つは、危害は加えられなかったものの真珠を失ってしまい、警察に届け出るより先に、プレゼントになる代わりの物を手に入れなければと考えて、海に潜《もぐ》り、事故にあった。どちらにせよ遺体は黒潮に持っていかれた。真珠は、犯人が売り飛ばした。どうだ、完璧だろ」

和彦は、大きく息をついた。若武はまるっきり忘れているらしいが、この調査の目的は詩帆子を救うことなのだ。そのためには君江と真珠を見つけ出さねばならないのに、若武の推理通りなら希望は皆無だった。

「この線にそって調査を進めろ。いいな」

返事をする間もなく、若武は電話を切る。和彦は途方に暮れたが、ここで立ちつくしていてもしかたがなかった。ともかく詩帆子の家に行ってみよう。何かが見つかるかもしれない。

「あの」

突然、声が響き、立ち木の間から一つの影が現れる。

「さっき、後で案内してって言われたから、来たんだけど」

街灯の光の中に、亀田陽香の童顔が浮かび上がった。

「若武君、どこ」

和彦はあせる。たぶんあれは若武の、あの場限りのリップサービスだろう。実際に案内してもらう気持ちなど、なかったに違いない。

「今、出かけてるんだ」

そう言いながら、陽香が先ほど父親と一緒に詩帆子の家に行ったことを思い出した。

「よかったら、僕の案内をしてくれないかな。詩帆子さんの家に行きたいんだ」

陽香は、不満げに頬を膨《ふく》らませる。

「私、若武君がいいんだけど、呼んでほしいな。あんたはタイプじゃないから」

はっきり言われて、和彦は笑うしかなかった。確かに和彦は、女子からひと目で好かれるような男子ではない。カッコもよくないし、魅力にも乏しいのだろう。

「じゃ連絡しておくよ。ここで待ってて。そのうち帰ってくると思うから」

そう言い置いて、スマートフォンを取り出しながら歩き出す。道路を横切り、詩帆子が姿を現した坂道の入り口に差しかかる頃、若武がスマートフォンを切っていることがわかった。調査の邪魔だと思ったのだろう。どうしようかと考えていると、後ろから足音がした。振り返れば、陽香が追いかけてきている。

「でもかわいそうだから、一緒に行ってあげる。こっちだよ」

和彦の脇を通り越し、先に立った。その後ろについていく。

「ありがとう。助かるよ」

道は、しだいに爪先上がりになった。両側にはヒノキやスギが生い茂り、ツツジ、サツキなどの低木も入り交じって緑の香りを放っている。アケビやヤマモモ、ビワもあり、葉の裏や木の根元などを調べれば、たくさんの昆虫が見つかりそうだった。

「ここは、いい所だね。魚もいるし、鳥も昆虫もいる。生き物の宝庫だ」

途中に小さな滝があり、飛沫《しぶき》が飛び散る石の間から、明るいものがふわっと舞い上がった。

「あれ、もしかしてホタルとか」

思わず足を止め、わずかなその明かりを追う。

「ゲンジボタルだ。すごい。僕、ここに永住してもいいくらいだ」

陽香は、呆気《あっけ》に取られたような顔になった。

「変な人。私は、生き物がたくさんいるからって楽しくなんか全然なれないよ。もっと都会の方が好き。コンビニや映画館やショップがいっぱいあって、高層ビルがキラキラしてて、どこを見てもおしゃれな人が歩いてて、そういうのに憧《あこが》れる。だから東京がいいんだ」

和彦は頷《うなず》いた。人の好みはそれぞれだから、違っていてもいいと思う。それを認められる自分でありたかった。

「詩帆子さんの家は、この先。この辺は、平家の谷って呼ばれてる所」

そう言いながら陽香は、あたりを見回す。

「都から逃れてきた平氏が隠れ住んでいたって話が伝わってるんだ」

考えてみれば、伊勢志摩は奈良や京都に近い。日本の神社の最高峰である伊勢神宮にも近かった。

「この先に、清盛《きよもり》の息子の何とか盛《もり》って人が建てたお寺があるよ。重要文化財の仏像とかあるけど、見たければ寄っていこうか」

ちょっとの寄り道なら、許されるだろう。

「歴史もあるんだね。やっぱりいい所だ」

茂っている木の間を何かがかすめ、音を立てて駆《か》け過ぎていく。茶色いその姿は、野猿のように見えた。和彦は感嘆して首を横に振る。まったく素晴らしいとしか言いようがない。

「本当に、ここは素敵だ」

陽香がクスッと笑った。

「さっきは、タイプじゃないなんて言って、ごめんね」

苔《こけ》むした道を踏みながらつぶやく。

「嫌いってわけじゃなかったんだ。私、肩に毛の生えてる男以外は、たいていは許せるもん」

和彦は噴き出しそうになった。肩に毛の生えた男を、今まで見たことがない。

「そんな人、いるんだ」

陽香は、さも不愉快そうに溜《た》め息をついた。

「いるよ、うちの親父《おやじ》」

和彦は、肉厚だった亀田の肩を思い出す。同時に黒滝の含みのある物言いも、胸に甦《よみがえ》った。

「あいつって最低。もう大っ嫌い」

激しい言い方に驚く。さっきは、そんなふうには見えなかった。何かあったのだろうかと心配になる。

「お父さんと、トラブったの」

陽香は軽く一蹴した。

「別に。ただの近親憎悪。クラスの女子も、ほとんど言ってるよ、親父って最低だって。中学女子って、そういうものなんだ」

きっと父親は、娘をかわいいと思っているだろう。もし将来、自分が娘を持ったら、やっぱり嫌われるのだろうかと考えて、和彦は複雑な気持ちになった。

「母さんに聞くと、お祖父《じい》ちゃんも親父そっくりだったんだって。だから私、お祖父ちゃんも嫌い。私が生まれる前に死んじゃったけどね」

中学女子というのは、取り扱いが難《むずか》しい生き物なのかもしれない。

「あ」

暗くなり始めた寺の境内《けいだい》に足を踏み入れたとたん、陽香が小さな声をもらす。

「誰か、いる」

句碑や立ち木の間に石畳《いしだたみ》の道が続き、その突き当たりにある本堂正面の板戸が、中途半端《ちゅうとはんぱ》に開いていた。中から明かりがもれている。だが石畳から本堂に上る木の階段の下に、靴は一足もなかった。

「ここって、無人の寺なんだけどな」

瞬間、板戸が中から乱暴に開けられ、数人が姿を現す。

「早よせぇ」

高校生くらいの、男子ばかりだった。スニーカーを履《は》いたまま階段を下りてくる。中の一人が肩に大きなナップザックを背負い、後ろにいるもう一人がそれを支えていた。

「いつもんとこい運んどけ。ネットで売り飛ばしたる」

和彦は陽香の腕をつかみ、すぐそばの立ち木の陰に移動する。相手は集団だった。ここは見つからない方がよさそうだと判断したのだが、陽香がその手を振り切って声を上げた。

「あんたら、なんしとんや」

和彦はあせったものの、どうすることもできない。冷や汗のにじむ思いで、これからどうしようと考えた。とにかく陽香を守らなければならないが、体力にも喧嘩《けんか》にも自信がない。

「おい、亀」

集団の中から声が上がった。

「おまえの妹や」

集団が割れ、後ろの方から背の高い高校生が現れる。

「あんごよ。のぅは、おとなししとれ。痛い目見せたんど」

目付きは猛々《たけだけ》しいものの、襲ってくる気配はなかった。和彦はほっとしながら、この場はこのままやり過ごそうと思った。ところが陽香が、我慢できないといったような声を上げる。

「その袋ん中に何入っとるか当ててみよか。こんとこ、ここいらの無人寺で仏像泥棒が多いって話、聞いとると。兄ちゃんたちやったんやな。家帰って、父ちゃんに言うたる」

頭を抱えたくなるような展開だった。ここまで煽《あお》ってしまっては、いくら妹といえども、ただですむはずはない。和彦は、陽香の腕をつかんで引き寄せた。

「ここは僕が何とかするから、逃げて」

陽香は、驚いたようにこちらを見る。

「うちの兄ちゃんたち、喧嘩すごく慣れてるよ。あんた、強いの」

和彦は首を横に振った。

「君が逃げたら、すぐ後を追うからさ」

陽香は、さらに聞いてくる。

「足は、早いの」

むしろ遅かった。だがここで、先に逃げ出したら男といえない。

「大丈夫だから、早く行って」

急《せ》かして背中を押し、走らせた。追って行こうとする男たちの前に、立ちふさがる。

「女の子に暴力はよくないよ。無人の寺からの窃盗《せっとう》もね」

どっちみち殴《なぐ》られるのなら、言うべきことは言っておこうと思った。

「それ、返した方がいいと思うよ。そしたら僕も、見なかったことにするから」

歩み寄ってきていた高校生が、握りしめていた拳を一気に振り上げる。和彦は、どう避《よ》けていいのかわからず、息を詰《つ》めて目をつぶった。一発か二発ですみますようにと願う。

直後、何かが肩に当たり、足元に落ちた。目を開けると、ビワの実が転がっている。そばにいた高校生は、さっきまで握っていた拳をもう一方の手で覆《おお》っていた。指の間から皮膚に広がる赤紫の内出血が見える。皆があたふたとあたりを見まわし、大声を上げた。

「誰や」

杉の木の間から、ゆっくりと姿を見せたのは黒滝だった。白地に青いタイルの模様を描いたアロハシャツをはおり、生成りのチノパンツを合わせている。片手に持ったビワを軽く投げ上げながら高校生たちを見まわした。

「重要文化財の窃盗は、まずいだろう。もう一発食らいたくなかったら、置いてくんだな」

高校生たちは顔を見合わせる。頷《うなず》き合うと、黒滝に近寄ってぐるりと取り囲んだ。背丈は黒滝よりもやや低かったが、全員ががっちりしている。和彦は、自分が殴られそうになった時よりもあわてた。

黒滝は、和彦たちがヒーローに祭り上げた男だった。高校生に殴り倒されるようなことがあってはならないし、そんな黒滝など絶対に見たくない。だが実際問題として、これだけ人数に差があっては危険だった。

万が一の時には、自分が飛びこんでいって黒滝より先にやられてしまおうと和彦は考える。そうすれば、黒滝が倒れるところを見ずにすむ。我ながら情けないと思いながらポケットからスマートフォンを出した。とにかく警察を呼ぼう。

「やったれ」

猛然と警察の電話番号を打ちこみ、耳に当てながら和彦は、黒滝の動きに目を奪われる。正面から飛んできた拳をかいくぐり、すぐさま重心を移して次の拳をかわしながら後ろにいた高校生を蹴り飛ばす。空を切るハイカットの黒革スニーカーが、和彦の脳裏に染みついた。脇から突き出される拳にカウンターを入れ、再び重心を移動させて後方に立つ二人の首筋に次々と足の甲を埋め、ダウンさせるや、すぐそばにいた高校生の体の中央に楽々と拳をたたきこむ。流れるように機能的な動きが美しかった。和彦の耳に、カッケぇと言っていた上杉の叫びが甦《よみがえ》る。五分と経《た》たないうちに、立っているのは陽香の兄と、ナップザックを持った二人だけになった。

「急所は外《はず》した。未成年相手に過剰防衛と言われたくないからな。それを置いて、さっさと帰れ」

ナップザックを放り出して退散する亀田たちを見ながら、和彦は自分のスマートフォンの向こうで警察署員が声を張り上げていることに気づいた。

「もしもし、どうしました、もしもし、もしもしっ」

あわてて答える。

「あ、すみません。大丈夫です、もう終わりました」

電話を切りながらほっと息をついた。多数に囲まれながらうろたえもしなかった黒滝の、あざやかな強さがうれしい。その勇気と実力は、理想の男の典型だった。上杉や若武に話したら、きっと歓声を上げるだろう。

「すごいですね、黒滝さん。空手ですか」

黒滝は息も乱さず、両手で髪をかき上げる。

「いや少林寺《しょうりんじ》。カジった程度だから自己流」

そう言いながら唇の端を曲げ、皮肉な笑みを作った。

「強くなりたい、力を手に入れたいと思ったことがあってね。それが長く続いて、色々やってきた。でも今になって思うと、間違ってたね」

端正な横顔に、苦々《にがにが》しさが入り交じる。

「弱さを捨てようとして、優《やさ》しさを捨てていた」

和彦は胸を突かれ、目を伏せる。自分も、弱さや感じやすさを切り捨てたいと思いながら、一緒に優しさを捨てていた気がする。それらはほとんど表裏一体で、分けることができないものだった。

「さぁ、これを戻そうか。小塚君、手伝ってくれ」

ナップザックから出てきた仏像を、黒滝と一緒に本堂の中に運びこむ。どこかで見ていたらしい陽香も戻ってきて手を貸した。黒滝はポケットからハンカチを出し、丁寧《ていねい》に仏像を拭う。

「とんだハプニングだったな。歓迎会が終わって、いったんホテルに戻り、ちょっと歩きたくなって出てきたとこだよ」

祭壇正面の厨子《ずし》の中に仏像を安置すると、黒滝はその前に畏《かしこ》まり、手を合わせて黙禱《もくとう》した。和彦も真似《まね》をする。陽香も隣で合掌した。

「過疎で檀家《だんか》が無くなり、住職《じゅうしょく》もいなくなった寺から盗難が増えてるってニュースを聞いていたけれど、まさか自分の故郷で、しかもこの目で見るとは思わなかったな」

黒滝の話を聞きながら本堂を出て、階段を降りる。

「地域では、文化を守れなくなっているってことなんだろうな、きっと」

簀《すのこ》の脇に脱いでおいた靴を履《は》こうとして、見れば、黒滝のスニーカーにはドイツの有名ブランドのロゴが入っていた。

「カッコいいですね。ドイツ製ですか」

踵周《かかとまわ》りが、泥でわずかに汚れている。伊勢志摩では最近、雨が降っていなかった。繁華街は舗装道路だろうし、どこで汚れたのか不思議に思う。

「ドイツは、スニーカー大国だ。がっちりしていて丈夫だが、デザインがイマイチ。これはウィーンにある会社で、工場がドイツ。万全だよ。気に入ったのなら、あげよう」

上杉の目の前に時計をぶら下げた時と同様の、ごく軽い言い方だった。

「そのうちサイズも合うようになるだろう。明日、研究所に持っていくよ。じゃ私はホテルに戻る。おやすみ」

遠ざかるその後ろ姿を、夢を見ているような気分で見送った。明日、黒滝が研究所に現れたら、上杉も若武も、さぞうらやましがるだろう。悔《くや》しがるかもしれない。でも絶対にやらない。僕のものだ。

「何、その露骨《ろこつ》にニヤけた顔」

歩き出しながら陽香が、あきれたようにこちらを見る。

「他人の履いた靴なんてもらって、何がうれしいんだか。私なら、新しいのでなかったら絶対やだな」

憧《あこが》れの男が身につけていた物をもらう。これは男のロマンなんだと和彦は思う。女子にはわからないだろうし、わからなくてもいいことだ。男と女は、違う生き物なんだから。

「あ、そういえば、さ」

陽香が、さっきの乱闘の跡を指差す。

「バトル中に、あの人のポケットから何か落ちたよ、あのあたり」

和彦は歩み寄り、しゃがみこんだ。境内に立つ石灯籠《いしどうろう》の蠟燭《ろうそく》の薄い明かりを頼りに砂利《じゃり》の間を見まわし、埋まっていた小さな物を拾い上げる。ＰＴＰ包装シートで、カプセルが二錠入っていた。摘《つま》み上げながら、腑《ふ》に落ちない気分になる。野生の動物を思わせるような黒滝の体つきや、先ほどの激しい格闘から、薬を持ち歩いている姿は想像しにくかった。

ま、風邪くらいは引くかもしれない。そう考えて、すぐ思い直す。風邪を引いても、きっと薬には頼らない。真の男には、そういうイメージがあった。若武ならこう言うだろう、ちょっと野蛮で乱暴で、何をしても壊《こわ》れないほど頑丈《がんじょう》なのが男の中の男だと。薬を携帯していることを知ったら、ショックを受けるかもしれない。内緒にしておこう。

「本人に届けとくよ」

何の薬かわからないまま、胸ポケットに入れた。黒滝の携帯番号は聞いていない。ホテルに連絡しようと思いながら、詩帆子の家に向かって坂を上った。

「こっちだよ」

右手に、緩《ゆる》やかなスロープを描いた小道が現れる。両脇を灌木《かんぼく》で囲まれた土の道だった。それを上り切ると、大谷石《おおやいし》の門柱を構《かま》えた和風の家が見えた。低い垣根に囲まれている。庭から柿《かき》の木《き》の枝が伸びて門柱に触っており、片桐という表札が出ていた。

「私がさっき親父についてったのは、監視するためだよ。どうせ詩帆子さんを病院に入れろって言いにいくんだろうから、早目に連れ帰ろうって思ってたんだ。だってかわいそうだもの。うちは昔からこのあたりの網元で、組合長なんだ。だからすごく威張《いば》ってて、この辺の土地も人間も全部、自分のものだって感覚なの。それっておかしいと私は思うけど、でも全然わかってないんだ。親父も、それからお兄ちゃんもね」

うんざりするといったような表情で、和彦を見る。

「私も亀田の一族だから、片桐さんの印象はきっとよくないよ。ここからは、あんた一人で行った方がうまくいくと思う」

和彦は頷《うなず》いた。案内してもらった礼を言ってから、付け加える。

「君って頭いいいし、配慮もできるんだね。その気持ちは、きっと片桐さんにも伝わってるんじゃないかな」

陽香は照れたように笑って小さく手を上げ、引き返していった。和彦は門に向き直る。玄関へと続いている飛び石を踏んで近付いていくと、緊張で喉《のど》がヒリヒリした。

5

玄関の庇《ひさし》の下についている明かりで、インターフォンを捜す。どこにもなかった。しかたなく引き戸に手をかけ、少しだけ開く。

「こんばんは。どなたかいらっしゃいますか」

返事はなかった。やむなくさらに開け、中をのぞきこむ。引き戸の向こうには一畳ほどの広さの三和土《たたき》が広がっており、二、三の階段の上に板敷きがあってガラス障子《しょうじ》が閉まっていた。

「僕は、伊勢志摩海洋研究所に泊まっている小塚といいます。鈴木所長のお世話になっている中学生で、東京から来ました」

音を立ててガラス障子が開き、腰の曲がった老女が顔を出す。

「はぁ、なんか用かなぁ」

事情がつかめず、面喰《めんく》らった顔つきだった。和彦は、何と言ったものかと迷う。あまり驚かせてもいけないし、警戒されても取り次いでもらえないだろう。無難な口実をひねり出す。

「先ほど研究所の前で、こちらの詩帆子さんに会ったんですが、無事にお帰りになったかと気になって、この近くまで来たので寄ってみました。いらっしゃるようでしたら、お会いしたいんですが」

老女は困ったようだった。

「そや、おることはおるけんどなぁ、会わせ言われても、なっとしょうかいねぇ」

奥から嗄《しわが》れた厳しい声が飛んでくる。

「追っ払っとけ」

老女は、あわてて和彦の顔色をうかがい、愛想《あいそ》笑いを浮かべながら奥を振り返った。

「そげんどじかったら、おとしがるやんか。鈴木さんの知り合いやゆうとるに」

奥から再び怒鳴り声がする。

「このぱーすけが、やしに決まっとるが。のうも、のぶといなぁ」

老女は溜《た》め息をついた。

「ほしたら、あんたはん、出てくだんさいよ」

畳のきしむ音がし、足音が近づいてくる。和彦は息を詰《つ》め、両手を拳に握りしめた。詩帆子から話を聞き出すことは、和彦に割り当てられた任務だった。上杉も若武も、それぞれに自分の役目をこなしている。これは事件を解決し、詩帆子を救うためにやり遂げなければならないことなのだ。そう考えて覚悟を固め、足音の主を待ち構《かま》えた。

「はよ帰らんかれ」

一人の老人が姿を現す。その顔を見て、和彦は目を丸くした。老人も、驚いたように背筋を伸ばす。

「こやまぁ、魚の先生やんか」

和彦がここに来た日、浜辺から防波堤の方に歩いていくと、釣りをしている老人に出会った。海中に泳がせてある網付きバケツの中に釣った魚が入っており、変わった種類も多かったので、つい話しこんだのだった。

老人が子供の頃から釣っていながら名前を知らなかった魚もあり、学名から各地での俗名まで説明すると、たいそう感心した様子で、和彦を魚の先生と名付けた。

「そういや、あん時、研究所に来とるちゅうことやったな。こやわりな。鈴木所長にはお世話んなっとりながら、わりわり。小塚君やったか。ま、上がらんかい」

和彦は大きな息をつく。最初の難関は、突破できたようだった。

「詩帆子に会いたいゆうこったが、そう言われても、あん子は、なぁ」

座敷《ざしき》に導き、座卓の前を手で指して和彦を座らせながら、自分も胡坐《あぐら》をかく。しばらく目を伏せて考えていて、やがてゆっくりと和彦を見た。

「しゃべられへんねど。この三十年間、しゃべっとらへん」

胸を突かれる。研究所の前を歩いていた詩帆子を見た時、まさか話ができないとは考えてもみなかった。気の毒に思うと同時に、第二の難関にぶつかった気がした。

「君江が行方不明になった時に、警察にもだいぶ聞かれたんやけど、まったくダメで、最初はちょけぇとるゆうて怒られたもんの、どうもほんとにしゃべられぇへんようでな。医者にも連れてったが、耳の機能にゃなんも障害はないゆうばっかで、どむならん」

老人の顔には、疲労の色が濃い。痛ましく思いながら和彦は目を伏せた。耳に異常がないのならば、おそらく心的外傷後ストレス障害《PTSD》なのだろう。詩帆子についてこれ以上聞いても、新しい事実は出てこないものと考えて和彦は話を変える。

「所長が言っていたんですが、君江さんの採ったという青い真珠も行方がわからないそうですね」

老人は、飽《あ》き飽《あ》きしたといったように首を横に振った。

「そいも警察に聞かれたんやけどな、儂《わし》らは見てもおらへん。そんなもんがあることも知らんかった。そやけどな」

両手を膝頭に置き、そこに力をかけて身を乗り出す。

「君江が海でトモカヅキにやられたんいうんは、間違いやわ。君江んとこにゃ、いっつも着とるウェットスーツがそのまま置いてあったん。警察は、たまたま着んかったんちゃうか言っとったんやけど、そんなこたぁないわ。君江は用心深い質《たち》やもんでな。海ぃ出る時は必ず着とる。ウェットスーツが置いてあったゆうことは、海ぃは行っとらんかったってことや」

和彦は、光を見出したような気持ちになった。これで若武の、あの絶望的な推理を否定することができる。

「君江のウェットスーツはあったんさぁけ、おかしなもんで、詩帆子んのがなかったんや」

意外なことだった。それをどう解釈すればいいのか迷っていると、老人が笑いながら手を振った。

「それがやなぁ、そんあくる日、浜で見つかってな。警察に言うたら、干しといたんが風で飛ばされたんやろ言われて、それで終わりや。まぁ詩帆子んことは、事件には関係なかったしなぁ」

和彦は頷《うなず》く。色々な話を聞くことができ、よかったと思いながら頭を下げた。

「突然、お邪魔してすみませんでした。僕は、まだしばらく研究所にいます。よかったら何でも言ってください。お役に立てるかもしれません。連絡を取れるように、電話番号を教えてもらえますか」

老人はうれしそうな笑みを浮かべ、番号を口にする。

「そんじゃまた、魚のことでも教えてもらわなはざんな」

和彦も微笑《ほほえ》みながら自分のスマートフォンを教えた。

「もちろんです。一緒に釣りをしましょう」

老人は、声を立てて笑う。

「そいやはざん。のぅに全部、取られたるやんか」

老女が茶碗《ちゃわん》を載せた盆を持って姿を見せ、驚いたようにつぶやいた。

「ままま、あんたはんが笑っとるとこ、久しぶりん見たわな」

その言葉から、二人が三十年間、噛《か》みしめてきた悲しみが垣間《かいま》見えた。この事件の真相をはっきりさせれば、詩帆子だけでなく二人も救われるのに違いない。和彦は、出された茶碗に手を伸ばした。一気に飲んで腰を上げる。上杉たちと合流し、早期解決を目指そう。

「では、これで失礼します」

そう言ったとたん、老女が後ろを振り返った。

「そや、詩帆子まで出て来たに」

目を向ければ、座敷の襖《ふすま》の奥の暗がりに詩帆子が立っていた。素足である。

「いいやぁ、お爺《じい》の笑い声に、よっぽどびっくりしたんやなぁ」

若葉を思わせる淡い萌黄《もえぎ》と白の隅流《すみなが》しの浴衣《ゆかた》に、濃紺の半巾帯を締めている。生地の模様《もよう》の揺《ゆ》らぎが顔に映り、どことなく不安げに見えた。

「いやぁ詩帆子、悪かったなぁ。なんもありゃへんに。こちらは、鈴木さんとここに来とる小塚君や」

和彦は、急いで立ち上がる。

「今朝、研究所の前でお会いしましたね」

詩帆子は、無表情のままこちらを見つめた。何も言わない。和彦は、自分から何か言わねばならないような気持ちになった。出会った時の印象を思い出し、自分の想いを伝える。

「あの白い服は、素敵《すてき》でした。あ、今の浴衣も素敵です」

言ってしまってから、急に恥ずかしくなった。

「じゃ失礼します」

逃げるように座敷を出て、夢中で玄関の三和土に降りる。靴をつっかけ、外に出て引き戸を閉めた。詰《つ》めていた息をようやく吐き出す。頰が熱く、心臓が激しい音を立てていた。

服をほめてばかりいたから、きっと変に思われただろう。本当に言いたかったのは、詩帆子の役に立ちたいということだった。美しく、哀《かな》しげな詩帆子を助けたい。だが恥ずかしくて言葉にならなかった。いつか、そういうことを堂々と言える日も来るのだろうか。それはもしかして、大人の男になった時かもしれない。そんな気がした。

闇に閉ざされた往来《おうらい》に足を踏み出す。街灯の明かりに斜めに照らされた道が、白く光っていた。よく見れば、水溜《みずた》まりがある。埃《ほこり》を収めるために、打ち水をしたのだろう。そばには、それを踏んだ靴跡が残っていた。その中に、ドイツブランドのロゴが読み取れる。和彦は、黒滝のスニーカーの泥を思い出した。ここでついたのだ。

足跡は、水溜まりのそばにあるだけだった。門扉の方には向かっていない。黒滝は、この家の前まで来て、引き返していったのだった。

6

黒滝は、垣根越しに詩帆子に会ったのだろうか。それとも会わなかったのか。五年ぶりに故郷に戻り、昔の同級生を訪ねても不自然ではないが、なぜ家に入らなかったのだろう。

考えながら研究所に戻ると、玄関で、上杉が料亭の名前の入った仕出し弁当を三つ抱えていた。

「お、ジャストタイミング。これ、おまえの部屋に持ってっといて。俺、自販機で飲み物買ってく。若武とは連絡が取れてない。海女にやられたか、海でおぼれたかだな。命日は、今日ってことで」

簡単にまとめたのは、苛立《いらだ》っているからだろう。上杉は鋭い半面、繊細でメンタルが弱い。速攻なら勝つが、持久戦には自滅するタイプだった。

「若武と連絡が取れずに、心配なんだね」

からかうと、上杉は鼻で笑った。

「誰が心配なんかすっか。イラッとしてんだよ。報告、連絡、相談、略して報連相《ホウレンソウ》、これ三種の神器だろう。あの馬鹿、何してやがんだ」

和彦は苦笑して弁当を受け取り、三階に向かう。若武がたくさんの収穫を持ち帰ってくれることを期待しながら部屋に入り、テーブルに弁当を置いて黒滝のホテルに電話をかけた。

従業員が出て、まだ戻っていないと答える。薬を拾ったので必要ならすぐ届けると伝言し、スマートフォンの番号を教えて電話を切った。ポケットから出した薬を見つめ、小さな文字を読む。何の薬だろう。スマートフォンで調べようとしていると、ドアを蹴《け》り飛ばす音がした。

「さっさと開けないと、爆破するぞ」

怒鳴《どな》られて、胸ポケットに薬を放りこみ、ドアに飛びつく。そこに立っていた上杉が、胸に抱えていた六本のペットボトルを押し付けてきた。

「頼む」

和彦に渡し、ほっとしたような息をつく。

「あの自販機、どっかおかしいんじゃねーの。ギンギンだぜ。ああ手が痛ぇ」

そう聞いた直後、ペットボトルが手に吸い付いているのを感じ、和彦はあわててテーブルに放り出した。

「あ、やっぱ、おまえも感じたか。すげぇだろ」

あっさり言われてしまっては、怒る気も起きない。

「まぁ、そのうち飲めるようになるだろ。それより成果あったか」

上杉は椅子を引き寄せて逆に座り、組んだ両腕を背もたれにかけてこちらを見た。

「俺の方は、最初に流した情報とさして変わってない」

そう言いながら、忌々《いまいま》しげな表情になる。

「記事自体が、すごく少ないんだ。当時、このあたりでは漁業権の一本化問題が持ち上がってたらしくて、新聞は連日その動きを大きく扱っている。あおりを食って君江の行方不明事件の方は、事件の翌日にお知らせ程度の小さな記事が出て、後は捜査本部の解散の時に、さっきメールで流したまとめ記事が載ってるだけだ。週刊誌からも大した情報は拾えなかった。殺人とか三角関係とか、大人が喜びそうな派手な事件じゃねーからさ。そっちは、どう」

和彦は、詩帆子の祖父母から聞いた話を伝える。まず君江が海で行方不明になったとは考えにくいこと、そして事件後に詩帆子が口をきけなくなったこと、さらにウェットスーツのこと。

「おお、いいじゃん」

上杉の涼しい目に、満足げな光がまたたいた。

「海の事故が否定されたとなれば、事件は陸上で決まりだ。当日の昼前から翌日の昼頃までの間に、君江に何らかの異変が起こった。その結果、行方不明になったんだ。そしてそれを知った娘の詩帆子が、心的外傷後ストレス障害《PTSD》に陥《おちい》った」

和彦は、そんな詩帆子に向かって服のことばかり言っていた自分が哀しくなる。力になりたいのに、その気持ちを外に出せなかった。ふと黒滝のことを思う。大人の男は、三十年前の同級生に、どんな言葉をかけたのだろう。

「詩帆子さんの家の前に、黒滝さんの足跡があったよ」

上杉の顔が一瞬、緊張する。

「なんだ、それ」

和彦は、どう説明したものか迷った。

「たぶん帰郷の挨拶《あいさつ》に行ったんだ。でも家の中に入らずに帰ったみたい。家の前で詩帆子さんと会ったのかもしれないけど」

上杉は、その目を半眼に伏せる。長い睫毛《まつげ》の影が落ち、二つの目全体が青く見えた。しばらく考えこんでいて、こちらを向く。

「それ、確かめとこうぜ。家族が知ってるはずだ。詩帆子の家に電話かけて、聞いてみ」

和彦は、番号を聞いておいてよかったと思った。そうでなかったら上杉に、マヌケと言われるだろう。スマートフォンをスピーカーフォンに設定し、上杉にも聞こえるようにしてから片桐家にかける。

「小塚ですが、先ほどはありがとうございました。あの、うかがいたいんですが、漁業組合のオーナーの黒滝さんが今日、ここに着いたんですが、そちらに行きましたか」

老人は、ちょっと沈黙し、やがて渋い声で答えた。

「なぁんも、来とらへんなぁ」

やはり家の前で引き返したのだ。なぜだろう。

「今は付き合いが、のうなったよってんなぁ」

和彦は、礼を言って電話を切る。上杉がうめくようにつぶやいた。

「謎の動きだな」

確かに奇妙だった。ここに着いたばかりの今日、すぐに足を向けながら家族の誰とも会わなかったのだ。ではいったい何のために行ったのか。子供なら、行ってみたが気が変わって会うのを止《や》めたということもあるかもしれない。しかし黒滝は気分で行動したり、計画を変えたりする人間のようには見えなかった。もし誰にも会わなかったとしたら、それは初めから会うつもりがなくて、ただ行っただけなのだ。何のためだったのだろう。

「おい、ここ開けろ」

ドアの外で、若武の大声が上がった。

「さっさとしろよ、ぶち壊《こわ》すぞ」

上杉が舌打ちし、ドアをにらむ。

「自分で開けろよ」

打ち返すような返事が聞こえた。

「自分でできるくらいなら、やってるし」

和彦が立ち上がり、歩み寄ってドアを開ける。若武が、得意げな笑みを浮かべて立っていた。両手には、惚《ほ》れ惚《ぼ》れするほど見事なイセエビを一匹ずつ持っている。体長は四十㎝を超え、重さも一kgに近そうな大物だった。こちらに腹を見せ、モゾモゾと手足を動かしている。

「じゃーん、養殖イケスから上がったばかりのイセエビ。大収穫だろ」

和彦は、どう反応していいのかわからず、上杉を振り返った。上杉は唖然《あぜん》とした顔でしばらく動かなかったが、やがて両腕で頭を抱え、椅子の背もたれに顔を伏せる。力のない声が聞こえた。

「若武、おまえさぁ、なんか、すげぇ迷走してね」

若武は、何のことだと言わんばかりの表情だった。

「おまえ、イセエビ嫌いか。じゃ、これは俺と小塚でいただく。このまま食えるってさ。俺、殻《から》むしってるから、小塚、醬油《しょうゆ》捜してこいよ。どっかにあるだろ」

和彦は思わず、背筋を震わせる。

「剝《む》き身のイセエビに醬油たらしたら、全身すごく沁《し》みるよ。痛すぎるから」

若武は目を丸くした。

「おまえ、イセエビか。妙な感情移入してどうする。どっちみち食うんだから同じじゃん」

瞬間、上杉が突っ立ち、息も荒く叫んだ。

「俺たちは、エビ食うために調査始めたんじゃねー。報告が先だ。早くしろ」

若武は、手にしていたイセエビを和彦に押しつける。

「そうカッカすんなよ。バッチリだぜ」

笑みを浮かべながらテーブルに歩み寄り、どさっと椅子に腰を下ろした。

「何しろ三十年前の話だろ。どうやったら当時の海女とコンタクトできるかなって考えて、鈴木所長に電話してみたんだ。海女って何年ぐらい仕事続けるんですかって。そしたら今の最長老は八十三歳だって言うからさ、それって三十年前も当然、海女だろ。で、紹介してもらって家を訪ねたわけ。ところが、なんと、まったく言葉が通じなかった」

和彦は両手のイセエビを持てあまし、テーブルの上に置く。片方は、触角と脚の長さからして雄、もう片方は、後ろ脚が鋏《はさみ》になっており雌だった。二匹は、弁当とペットボトルの間でゴソゴソと動き回る。しきりに活路を求めているように見えた。気の毒でならない。

「俺に向かっていきなり、おぉたやれ、なとしたんど、と言った。英語よりわからん。そんで引いてると、いだ、けんないせんといてな、わしゃ、もうかずいっとんさけ、と言われて、俺、完全に絶望した」

不機嫌そうな顔をしていた上杉が、やっと頰を和《やわ》らげ、皮肉な笑みを浮かべる。

「だけど不思議なもんで、一生懸命に聞いてると、これが何となくわかってくんのよ。そんで色々聞いて、帰る時にこの二匹もらった。海女さんって、ラテン系だ。超ポジティブ。今日ダメなことでも、明日は乗り越えられるかもしれないって言うんだ。なぜなら同じ日は二度とこない、明日には明日の風が吹くから、だって。生命力バッグンだろ。さ、食おうぜ、俺ペコペコ」

上杉が、再び気色ばむ。

「話の中身、すっ飛ばすんじゃねー」

和彦は急いで弁当の包みを解き、付いていた箸《はし》を割って若武に握らせた。この欠食児童の腹を満たせば、イセエビは生きて海に帰れる可能性がある。

「おぅ、サンクス」

若武は弁当を持ち上げ、その隅《すみ》を口に当てた。そこから五目飯をかきこみながら自信ありげな視線で和彦と上杉を見まわす。

「海女の話では、確かに青い真珠が出て、その日そこにいた海女全員がそれを見たってことだ。君江はその真珠を漁業組合に出さずに、持って帰った。それで当日の漁獲記録に載ってないんだ。おい、ここからが今日の俺の最大の収穫だ、よく聞けよ、いいか、その君江には、恋人がいたんだ」

第三の人物の登場だった。上杉が真剣な表情になって身を乗り出し、和彦もイセエビから若武へと向き直る。

「君江は、漁師だった夫に海で死なれて、海女をしながら詩帆子を育てていた。だが行方不明になる少し前から、市役所職員の高田って男と付き合っていたらしい。かなり頻繁《ひんぱん》に会っていたということだから、この高田が、君江や真珠の行方について知っている可能性がある」

これまで君江本人にしろ詩帆子にしろ、この事件の直接の関係者で話の聞ける人間は一人もいなかった。高田にたどりついたことで、調査は大きく前進したのだった。

7

「明日、高田にアクセスしよう。それから事件当日の君江の動線も押さえておいた方がいい。海女小屋から君江の家までをチェックする。まぁ三十年前だし、君江の家自体も今はないみたいだから、捗々《はかばか》しい収穫は期待できんが念のため」

上杉が無言で弁当を開け、食べ始める。その頃には若武は食べ終わり、ペットボトルの二本目を傾けながら、目でイセエビを狙《ねら》っていた。和彦はあわてる。

「若武、僕のも、食べていいよ」

若武は、何の躊躇《ためら》いもなく手を伸ばした。

「おまえ、食欲ないのか。かわいそうにな。今夜は、しっかり寝て元気回復しとけよ。明日は早くから動くからさ」

上杉が、その小さな口に昆布《こぶ》巻きを運びながらつぶやく。

「君江の家が今ないって、本人が行方不明になって詩帆子が祖父母に引き取られたから、住む人間がいなくなって取り壊されたってことか」

若武は口いっぱいに頬張りながら、首を横に振った。

「海女情報によれば、この沿岸をリゾート地として開発する計画があって、その地域に君江の家が含まれてたんだ。大規模な埋め立てが行われて、高級ホテルと観光を兼ねたハマチの養殖場が造られる予定だった。ところが養殖場ができた後、問題が起こって閉鎖され、開発計画も頓挫《とんざ》したらしい。それ以上は、今のところ不明だ」

和彦は、岬にあったスペイン風の廃屋《はいおく》を思い出す。

「もしかして君江の家って、岬のあたりなの」

若武が、持っていた箸《はし》で和彦を指した。

「ピンポン。岬の突端で灯台のそばだったらしい。海女の連中は皆、うらやましがっていたって話だ。海に近くて、誰より早く仕事にかかれるからな」

あっという間に二つ目の弁当を平らげた若武は、立ち上がってイセエビを摑《つか》み上げる。

「さて、いただこうか」

この上、さらに食べると言い出すとは思わなかった。和彦はあせり、多少、卑怯《ひきょう》だと思いながらも罠《わな》を仕掛《しか》ける。

「あの、ごめん、若武、僕やっぱり弁当食べたい。まだ残ってるかな」

若武は、心外だといったように目を光らせる。

「おまえ、今さら何言ってんだ。もう全部、俺の腹の中に決まってってだろ」

和彦は、若武の気持ちを落ち着かせようとして微笑《ほほえ》んだ。

「そうだね。じゃ僕にイセエビをくれないかな。それを食べることにするから」

上杉が、弁当箱の隅《すみ》に入っていた葛餅《くずもち》を口に入れながらつぶやく。

「俺、小塚を支持する。二対一ね」

若武は、手に持っていた空の弁当箱を握りしめた。

「汚ぇぞ、小塚。初めからそのつもりだったな」

そうではなかったが、この際、何と言われてもいい。イセエビを救いたかった。

「あきらめろ、若武、見苦しいぜ」

上杉にあっさり決めつけられ、若武は悔《くや》しそうに奥歯を噛《か》みしめる。刺し殺さんばかりに力のこもったその目から、和彦は顔をそむけた。急いでイセエビを海に戻しにいった方がいいかもしれない。若武が気持ちを変える可能性があった。

「じゃ僕、ちょっと行ってくるね」

ポケットでスマートフォンが鳴り出す。両手にイセエビを持っていては対応できず、困っていると若武が手を出した。

「持っててやる」

にんまり笑ったその顔が、怪しすぎる。和彦は助けを求めて上杉の方を見たが、あっさり首を横に振られた。上杉は、生き物に触《さわ》りたくないのだ。和彦はやむなく、若武にイセエビを預けた。

「食べないでよ。殻《から》むしらないでよ」

若武が頷《うなず》くのを確認したものの、やはり心配で、すぐさま取り戻さずにいられなかった。鳴り続ける呼び出し音に急き立《せ》てられながら一計を案じ、上杉に頼む。

「僕の電話、出てくれないかな」

上杉はちょっと笑い、和彦のポケットに手を入れた。

「小塚、ナイスアイディアじゃん」

若武は舌打ちし、上杉をにらむ。

「くっそ、バカ杉、余計な手出しを」

それを聞き流して上杉は、電話の相手と短い言葉で話し、挨拶をして切った。

「パールホテルのフロントだ。黒滝さんから伝言で、薬は予備があるから明日でいいって。こっちに取りにくるらしい。本人は、さっきホテルに戻って、またすぐ出かけてったってさ。まだ帰ってきてないみたい」

時計を見れば、もう十時を回っていた。こんな時間まで、どこで何をしているのだろう。もしかしてまた詩帆子の家に行ったのだろうか。

「薬って、何の」

上杉に聞かれて、和彦は一瞬、若武の様子をうかがう。隠しておこうと思っていたのだが、こういう流れになってしまっては、どうにもしかたがなかった。両手のイセエビを高く持ち上げ、顎《あご》で自分の胸ポケットを指す。

「黒滝さんが落としたんだ。さっき偶然、会ってさ。その時拾った」

上杉が細い指を二本、小塚のポケットに差しこみ、シートをつまみ出す。そこに書かれた細かな字を注視していて、やがてこちらを向いた。

「これ、ヤべぇぜ」

眼鏡の向こうのきつい目に、針のような光がまたたいている。

「BZ系《ベンゾジアゼピン》っていって、薬物依存を起こしやすい薬だ。依存性は、シンナーより強い」

和彦は呆気《あっけ》に取られた。黒滝は、そんな薬を服用しているのだ。

「上杉、それさ」

若武が、信じられないといったように目を見開きながらそばに寄ってくる。

「法に触れる薬なのか」

黒滝は、和彦たちの成長モデルだった。そこを目指せばいいという一つの完成形であり、励みでもあったのだ。それを壊したくないと、誰もが思っていた。

「いや、普通に医者でもらえる。だが最近、依存性が高いって問題になって、この種の薬の処方は慎重にという指針が学会から出たはずだ。父母が話してた」

上杉の家では、よく医学薬学系の話題が出るらしい。本人も興味を持っていて、病気や薬剤に極《きわ》めて詳《くわ》しかった。

「で、さ」

そう言いながら若武は息を呑《の》む。強い光を宿したその目に、不安と恐れが浮かんでいた。

「それ、何の薬なんだ」

和彦も緊張し、イセエビをテーブルに置いて上杉を見つめる。その答が自分たちの憧《あこが》れを傷つけないように、夢中で願っていた。

「精神安定剤として使われてる。抗不安剤とか、抑鬱《よくうつ》剤、睡眠薬として出されることもある。つまり不安や不眠を改善したり、落ちこんだ気分を上向かせるための薬だ。これ飲んでるとすると、依存症になってる可能性もある」

頭を殴《なぐ》られたような気がした。それは黒滝の外見とも、これまで垣間《かいま》見てきた内面とも、また行動ともまったく結びつかないものだった。

「マジありえねー」

若武の声は、こもった怒りで震えていた。

「黒滝さんが薬の依存症だなんて、ねーよ。あの人は心身ともに強健なはずだ。完璧なんだ。薬に頼るような軟弱な人間じゃない」

強く言い張れば、それが現実になると信じているかのような言い方だった。和彦も頷《うなず》く。崩《くず》れかけている自分たちの理想像を守りたかった。

「きっと何かの間違いだよ」

フロントマンからの伝言を考えれば、間違いであるはずもない。だが、それでもその可能性に望みをかけたかった。

「これ、見なかったことにしようぜ」

上杉の手に若武が飛びつき、シートをもぎ取る。すがりつかんばかりにして上杉の同意を求め、すぐさま和彦を振り返った。

「そうすれば今まで通りじゃん。なかったことにしよう。な、いいだろ」

若武は、憧れを失いたくないのだ。和彦も、その薬を見なかったことにできるなら、どんなにいいだろうと思っていた。自分たちが心酔したヒーローが完璧ではなかったと認めるのは、切なすぎる。それは、自分たちの目の不確かさや幼さを突きつけられるようなものだった。

「嘘《うそ》をついて人を騙《だま》すのは、簡単だ」

上杉が、区切りをつけるかのように大きな息をつく。その眼差《まなざし》は静まり返り、冴《さ》え冴《ざ》えとしていた。

「だけど自分自身を騙すのは、難《むずか》しいぜ。たぶん、できやしねーよ」

それは誰が聞いても、あまりにも真実だった。和彦は反論することができず、口を引き結ぶ。黒滝に優しく頭を叩《たた》かれ、陶然としていた上杉は、すでに熱狂から覚めかけているのだ。和彦はまだ、そこから抜け出せない。完璧な男、それが自分たちの幻想だったのだと思いたくなくて立ちつくしていた。

窓から流れこむ海の香りが部屋に満ち、言葉の途絶えた空間を埋めていく。打ち寄せては引く波の音が心を揺るがせ、しだいに大きくなった。若武が床に座りこみ、足を組む。

「俺、嫌《や》だ。そんなの信じねー」

まるで幼稚園児のように膨《ふく》れている。和彦も気持ちは同じだった。部屋の中が静まり返り、テーブルの上でイセエビが音を立てる。若武が振り向きざまに叫んだ。

「うるせー、食うぞ」

上杉がこちらに視線を流し、無言でうながす。和彦は二匹を摑《つか》み上げ、部屋を後にした。階段を降り、玄関から外に出る。

群青《ぐんじょう》色の空は、きらめく星でいっぱいだった。山の端から海のかなたまで見渡す限り、まるで光る砂でも撒《ま》き散らしたように広がり、それぞれがまたたいている。

和彦は、岩場に向かって歩いた。伊勢志摩の夜は深く、どこまでも闇が続いている。その底から湧《わ》き上がるように波の音が聞こえてくるのだった。道にそって並んでいる街灯の明かりの中を岩場まで歩き、しゃがみこんで、二匹をそっと水の中に入れる。手足を揺すりながら沈んでいくのを、膝を抱えて見つめた。

そうしてじっとしていると、さっきまで胸に満ちていた強い落胆が静かに解《ほど》け、色を変えていくのがわかった。あんなに何もかも完璧な黒滝が、どうして心を病むようになったのか。ようやくそこに思いが至ったのだった。

境内《けいだい》で黒滝と交わした言葉が胸を過《よ》ぎる。弱さを捨てようとして、優しさを捨てていた。黒滝が苦《にが》い顔でそう言うのを聞いて、和彦は胸を突かれ、つい自分自身に気持ちが向いてしまった。だがあの時、黒滝の言葉を追及していれば、何かがわかったのかもしれない。いったいなぜ、何が原因で黒滝はそうなったのか。

遠くからオールの音が響いてくる。しだいに近づいてきて波の上に黒い点が現れ、それが見る間に大きくなった。こんな夜に、誰かがボートで沖に出ていたらしい。かなりの速さでこちらにやってくるところを見れば、漕《こ》いでいるのは相当な力と技の持ち主だった。

目を凝《こ》らして見つめていると、ボートは砂浜の近くまできて止まる。ダイバースーツの人間が一人立ち上がり、足を伸ばして水の中に入ると、そのまま砂浜に向かって歩いてきた。手にはスクーバ・タンクとフィンを持ち、外したウェイト・ベルトを肩からかけている。どこか深い所に潜《もぐ》っていたのだろう。水をかき分けて砂浜に上がり、そのまま道路を歩き出した。街灯が、濡《ぬ》れた顔を照らす。黒滝だった。

和彦は固唾《かたず》を呑み、歩み去る大きな背中を見つめる。少し行った所で、停《と》めてあった自転車にスクーバ・タンクとフィンをくくりつけ、跨《また》がって走り去った。

曲がった道の向こうにその姿が消える。和彦は、一気に息を吐き出した。こんな時間に黒滝は、何のために海に潜っていたのだろう。しかも来た当日である。まるでそのためにやってきたかのような性急さだった。胸に疑問が渦を巻き、たちまち大きくなって和彦を引きずりこむ。

詩帆子と同級生だった黒滝が、三十年前の事件と関わりがあったとしても不自然ではなかった。こんな夜中に海に潜《もぐ》るのは、人目につかないように何かを捜しているからに違いない。

「おーい小塚」

「どこだよ、返事しろ」

風に乗って、上杉たちの声がかすかに漂ってくる。振り返ると、遠くで光る研究所の玄関の明かりの中に、二つの点のような人影が見えた。和彦は、それに向かって走る。自分の抱えている重みを分け合ってくれるのは、あの二人だけだと思いながら夢中で走った。

「今、黒滝さんが海から帰ってきた。ダイバースーツを着てたんだ」

駆《か》け寄ってそう言うと、若武が息を吞んだ。

「すげぇ、ダイブもできるんだ」

上杉がその頭をこづく。

「そっちじゃねーだろーが」

若武のくせのない髪がパッと空中に舞い上がり、その隙間《すきま》で星がきらめいた。

「あの人を調べようぜ」

上杉が、底光りする眼差をこちらに向ける。

「どうも君江行方不明事件と関係がある気がする」

若武が怒気を含んで首を横に振った。

「あってたまるか。マジで絶対ない」

決めつけたその言い方に、上杉が即、反発した。

「じゃ俺、あいつが君江行方不明事件に関わってるってこと、証明するから」

若武も引かなかった。

「おお、やってみろよ。俺はその逆を証明してやる。言っとくが、方針を決めるのはリーダーの俺だぜ。調査は全員でやる。力を結集して真実にたどりつけば、すべては自《おの》ずと明らかになるはずだからな」

若武の正論に、上杉はせせら笑いで応えながら和彦を見た。

「おまえ、どっちだよ」

和彦は目を伏せる。新しい風の吹くこの土地で、二人の関係を修復できるかもしれないと考えていた。だがその胸算用は今、大きく外《はず》れてしまったのだった。黒滝のことにしても、和彦はどちらとも判断がつかない。心に広がる哀《かな》しい重みを、ただ見つめるばかりだった。

第2章　獣の眼差《まなざし》

1

朝食は、いつも通りに宿直の研究所員が作ってくれた。焼き魚に味噌汁《みそしる》、それに所内で漬けているという白菜である。若武も上杉も、白米の美味《おい》しさに目を見張り、自分で勝手に炊飯器から盛りつけて、もう三杯目だった。和彦は食べ方が遅く、その後を追いかけている。

台所の脇にある賄《まかな》い部屋は、クーラーがなく扇風機だった。風が届かない場所には団扇《うちわ》が置いてある。床は畳敷きで、座っていると脚が痛かった。宿直の研究所員が食べ終わって引き上げていくと、三人とも即、胡坐《あぐら》をかく。若武が座卓《ざたく》の上に地図を広げた。研究所の受付に置かれている観光用の地図で、図の周りには風景写真が載っている。

「小塚と上杉は、海女小屋から君江の家跡まで、事件当日の動線をチェックしろ」

頬をいっぱいにした若武が、持っていた箸《はし》で地図の上を指す。まるで頬袋に食べ物を詰《つ》めたりスのようだった。動物に例えるなら、若武は間違いなくリスだと和彦は思う。顔が似ているだけでなく、勘がよく鋭敏なところも、意外に好戦的なところも、そっくりだった。

「ここが現在地」

研究所から海沿いの道を西南に向かって歩くと、オウムの嘴《くちばし》のように曲がって海に突き出した岬がある。その先端に君江の家の跡地があり、付け根には海女小屋があって、双方に赤い丸が付けられていた。海の中には、二つを結ぶ赤い線が引かれている。

「君江はおそらく岬の突端にある家のそばから海に潜《もぐ》り、仕事を終えると陸に上がって海女小屋に入り、休んで体を温めてから、この海沿いの道を歩いて家に帰ったはずだ。その帰りに襲われた可能性がある」

赤い丸も、海の中の赤線もフリーハンドだった。若武が描いたのに違いない。上杉ならきっとコンパスと定規を使ってきっちりやる。

「俺は、市役所の高田を当たる。問題は、市役所の高田ってだけで、捜し出せるかどうかだ。何しろ三十年も前の話だ。退職してるかもしんないし」

地方公務員の定年は、たいてい六十歳である。高田が今、市役所に在職しているなら、当時は三十歳以下でなければならなかった。君江は当時、三十八歳である。今でこそ年の差のあるカップルも珍しくなくなったが、三十年前はどうだったのだろう。

「だが、何としても見つけ出す。高田は、真相究明につながる大事な男だからな」

箸を握りしめた拳で、若武はテーブルを叩《たた》く。その隣で上杉が、味噌汁の中から立派な若布《わかめ》を摘《つま》み上げ、目を見張ってその裏表に見入りながら口を開いた。

「まず二人の接点を捜せよ。海女と市役所職員は、異業種だ。そういう人間が知り合うきっかけは、仕事か趣味に決まっている。君江の仕事は海女なんだから、高田は市役所で漁業に関わる部署に所属していた可能性がある。水産課とかさ。趣味で知り合ったのなら、君江の両親に聞いてみれば手がかりが摑《つか》めるはずだ。小塚がコネつけてあるから、やってもらえよ」

若武は、茶碗《ちゃわん》から口に飯を掻《か》きこむ。

「そうする」

和彦は恐る恐る、昨夜から気になっていたことを口にした。

「黒滝さんの方は、どうするの」

若武が一瞬、箸を止める。潔癖な感じのするその目に、影が広がった。

「俺がどっかで接触して、それとなく聞いてみる」

探るようなまねをするのは、不本意なのだろう。だが疑惑を払拭《ふっしょく》するためには、調べるしかなかった。

「今日、ここに薬を取りに来るよ」

和彦がそう言うと、若武は大きな息をつき、再び飯を口に運ぶ。

「おまえが出かける時、薬、置いてけ。俺が対応する」

黒滝を信じたいと思っている若武が、うまく情報を聞き出せるだろうか。だが和彦にも自信はなかった。きっと声が震えてしまうだろう。

「黒滝の建設会社は、上場企業だ」

上杉は、骨の標本かと思われるほどきれいに食べた魚の上に、皿の端に避《よ》けておいた頭と尻尾をくっつけ、さらに皮をかぶせて復元を試みている。

「社長のプライバシーも株価に影響する。ネットで調べれば、かなりの情報が入るはずだ。俺がやる。君江の動線チェックが終わったらな」

台所のガラス障子が音を立てて開き、鈴木が大きな薬缶《やかん》を持って現れた。

「おはよう。お茶だ」

焙《ほう》じ茶の香りがあたりに広がる、わずかに鉄の臭いが交じっていた。

「小塚君、玄関に黒滝さんが来てるよ。中に入ってくださいって言ったんだけど、小用だから玄関で待ってるって」

和彦は戸惑い、ポケットから薬のシートを出して座卓に載せた。若武の方に押しやる。

「さっき、どっかで接触するって言ってたよね。ここでするとか」

若武が舌打ちした。

「おまえって言われてんだぜ。居留守、使える状況じゃないだろ。変に思われる。行けよ」

しっかり探ってこいと目で命じていた。和彦はやむなく、まだ皿に残っていた漬物を口に突っこんで立ち上がる。薬のシートを持って玄関に向かった。気が重い。

「やぁ、おはよう」

玄関ホールに出ると、その壁に寄りかかっていた黒滝が身を起こした。ハウンドトゥース柄のシルクジャガードジャケットに、細身のジーンズを合わせ、足にはレザーにジーンズを圧着したウィングチップを履《は》いている。ジャケットの下はTシャツで、筋肉のついたきれいな胸の線が見えていた。

「磨《みが》いといたからさ」

手に持っているスニーカーを差し出す。

「さ、どうぞ」

受け取りながら和彦は、それが心に刻まれるような気がした。これからの毎日はきっと、これがなかった頃とは決定的に変わってしまうだろう。

今夜はたぶん枕元に置く。暇さえあればこれを見て、自分の足を入れ、どれほどサイズが違うかを測るだろう。あざやかだった黒滝のバトルを思い描きながら、これが自分の足に合うようになる日を待ち焦《こ》がれる。それは和彦が、黒滝のような大人の男になる日なのだ。きっと毎日、履いてみる。

抑えようもなく膨《ふく》れ上がる憧《あこが》れが、信じたい気持ちを育《はぐく》んだ。ふと、何もかもをはっきり聞いてしまえばいいんだと考えつく。そうすれば不審なんか、すぐ晴れるはずだ。

「その薬、もらおうか。どうもありがとう。じゃまた」

帰っていこうとした黒滝に、とっさに言った。

「黒滝さんが、五年ぶりにここに来たのは、何のためですか」

黒滝は、こちらに向き直る。真正面を見せ、両腕をわずかに体から離した。表情は変わらないものの身構《みがま》えたように見える。和彦は緊張しながら、黒滝がすべてに答え、疑惑を払拭《ふっしょく》し、自分たちのヒーローに戻ってくれることを願った。理想のままでいてほしい。そこから逸《そ》れてほしくない。祈るように強くそう思っていた。

「詩帆子さんの家に行ったり、海に潜《もぐ》ったりしているのは、何のためですか」

直後、ものすごい力で胸元を摑《つか》み寄せられる。一瞬、何が起こったのかわからず、気がついた時には、黒滝の目がすぐそばにあり、こちらをのぞきこんでいた。

「言っておく、俺の邪魔《じゃま》をするな」

獣のように獰猛《どうもう》で、そして同時に必死な目だった。何もかなぐり捨て、なりふり構わず目的を遂げようとしている男の目。和彦は初めて、素《す》の黒滝に触れたような気がした。過去に何かをやっているに違いない、それも良心に恥じることを絶対にやっている。そう思わせるだけの暗い激しさを持つ眼差だった。

2

和彦は、黒滝からもらったスニーカーに足を入れる。大きすぎてブカブカのそれは、憧憬《どうけい》の象徴であり、大人への階段となるはずだった。和彦は、自分がそれに完璧な男へのオマージュを捧《ささ》げるだろうと思っていた。だが今、意味合いは大きく変わってしまった。それを履《は》いていると和彦には、その黒い革の中からあの獣のような眼差《まなざし》が立ち上がり、自分の足に巻きついてくるように思えるのだった。

「小塚、いるのか」

ノックとともに上杉の声が響く。黒滝を見送って和彦は、玄関ホールから直接、自分の部屋に帰ってきた。皆のいる賄《まかな》い部屋に顔を出し、起こったことを説明できるほど冷静ではなく、心に抱えた衝撃に身震いしていた。

「君江の動線チェック、出かけるぞ」

あわてて靴を履き替えてドアを開ける。そこに立っていた上杉が真っすぐにこちらを見た。

「黒滝を探るのに失敗したのか」

考えてみれば目的はそれだったと、ようやく思い出す。うまくいかなくて部屋に引き籠《こ》もったと思われたらしい。

曖昧《あいまい》な答え方をすると、上杉はしかたないといったように左右の口角を下げた。

「別にいいさ。気にするな。これからだってチャンスはある。後で俺がネット情報を集めるしさ。行こうぜ」

両手をポケットにつっこみ、身をひるがえす。きっと気にして、励ましがてら迎えにきてくれたのだろう。和彦は、階段を降りていく上杉を追いかけた。前後して研究所の玄関を出て、肩を並べ、海沿いのコンクリート道路を歩く。背後の山から、蟬《せみ》の声が滝のように流れ落ちてきた。

「暑《あつ》っ」

照りつける陽射しを頭から浴び、地面が放つ熱に絡《から》みつかれながら海女小屋に向かう。陽炎《かげろう》があたりの景色を揺さぶり、まるで湯の入った水槽《すいそう》の中でも歩いているかのようだった。黒滝のことを話そうか。そう思った時、上杉がうっすらと桜色に染まった頰をゆがめた。

「俺さ、時々、生きてるのが嫌《いや》になるんだ。おまえ、なんないか」

唐突《とうとつ》だったが、気持ちはわかった。ここに来る気になったのも、きっとそのせいだろう。和彦や若武と同様に、何かから逃げてきたのだ。

「家族が嫌、学校も嫌、友情とか絆《きずな》とかいう繫《つな》がりも、甘ったるくて生ぬるくて、すげぇ嫌。俺はどこにも属したくないし、何とも繫がりたくねーんだ」

話しながら上杉は苛立《いらだ》ちを強め、両手を握りしめる。

「まぁ、近いかも」

「だけど、そんなこと不可能じゃん。できねぇよ。この世で何にも属さず、誰とも繫がらないなんて。だから生きていくこと自体が、嫌になるんだ」

和彦は、それほど厭世的《えんせい》ではなかったが、同じくらい生きることに疲れていた。まだ人生の初期だというのに、もう充分に疲れている。だが自分のことはともかく、上杉に前向きになってほしかった。

「あのね」

頭の中を探り、ちょうどいいエピソードを引っぱり出す。

「家族に嫌悪を感じて避《さ》けたくなるのは、大人になろうとしてる証拠だって、どっかの学者の説にあったよ」

そう言いながら陽香を思い出した。彼女にも、これを言ってやればよかったと今になってようやく気がつく。

「大人になるというのは、『生まれ育った環境から自分の根っこを引き抜くこと』で、人間は、それがしやすいようにプログラミングされてるんだって。そのために一時期、家族が嫌いになるみたい。つまり、それも成長の一過程だってことだよ」

上杉は片目を細め、疑うようにこちらを見た。

「それ、一般論だろ。俺は、そもそも人間自体が嫌いなんだ」

いきなり撃たれたような気がした。上杉の言っている人間の中には、和彦も入っているのに違いない。いや、上杉自身さえ入っているのだろう。要するに上杉は、現状の何もかもが嫌《いや》なのだ。

「こんな俺って、どんな人生を送るのかな」

明瞭で冷ややかな感じのする眼差が、眼鏡のレンズの向こうでふっと揺らぐ。

「社会の中で失敗せずに、生きてけるんだろうか」

和彦はうつむき、コンクリートの道路の隅に目を走らせた。見つけたいと思っている物を捜しながら口を開く。

「上杉の考える人生上の失敗って、何。逆に大成功のイメージってどんなの。例えば、世界で活躍する人間になるとか。具体的にはアスリート、あるいはプロ経営者とか」

鳴き頻《しき》る蟬の声に、上杉の溜《た》め息が入り交じった。

「プロ経営者の報酬は、巨額だ。ソフトバンク副社長百六十五億五千六百万。たった一年間にだぜ。オリックスチェアマン五十四億七千万、日産自動車社長十億三千五百万、武田薬品社長五億七百万」

延々と数字を並べていく。その金額に惹《ひ》かれているというより、数字が好きなのだ。聞きながら和彦は、コンクリートの端や壊《こわ》れた部分に目を配った。

「あまりにも巨額で、気が遠くなりそ。でも俺、金はいらん。受験みたいな苛烈な生存競争も、将来はしたくない。結婚もウザい。だけどカッコいい男になって、そこそこ成功したいし、ホームレスには落ちたくない」

和彦は、ようやく捜し物を見つける。コンクリートの亀裂からナズナが芽を出していた。夏に花を付けるオオバコやツユクサの方が華やかでよかったのだが、残念なことに地味なナズナしかなかった。

「植物を見習うといいよ」

上杉は、呆気《あっけ》に取られたような顔になる。

「道端のコンクリートの隙間《すきま》って、厳しい環境だろ。でも周りがコンクリートだから、他の植物の種子が入りこまない、つまり単独で生きられるんだ。となれば、光を確保するために必死で高く伸びる必要もないから、自分のペースで成長できる。庭の雑草を抜く人間でも道端までは手を伸ばさないから、長く存続できる。同じことが季節的にもいえて、多くの植物が枯れていく冬に成長して春に枯れる花もあるんだ。これも他の植物と生存競争をせずに、自分らしく生きるためだよ。人間にも、一人で生きて成功する道があるはずだと思う。上杉は、口数少ないからさ、発言しない植物と気が合うんじゃないかな。家の庭に何か植えて、育てながら考えてみれば、きっといい結論にたどりつけるよ」

上杉は、軽く何度か頷《うなず》いた。その顔は納得しているというよりも、あまりにも奇妙な提案にどう反応していいのかわからず、取りあえず同意しておこうといった感じだった。

「じゃ何か植えて、毎日、見つめ合ってみるよ」

和彦はその様子を想像し、笑い出しそうになる。上杉が手を伸ばし、頭をこづいた。

「な、やっぱ、妙におかしいだろ。自分で言い出したくせに、笑うな」

目ではにらんでいたが、表情は、この話を始めた時よりずっと柔らかくなっていた。少しは気持ちが軽くなったのかもしれない。そうであることを願いながら和彦は、上杉とじゃれ合うようにして歩いた。

「ああ、あれだ」

指の先でスペイン風の白い廃屋を指し、上杉はまぶしそうに細めた目を時計に落とす。

「海女小屋から、三十分三十秒ジャスト」

いつの間に計っていたのだろう。だいたい海女小屋がどこにあったのか、和彦にはまったくわからなかった。

「この湾は、Cの字型だ。海中なら、半分の時間で移動できるな」

和彦がセンチ単位で生活しているとすると、上杉はミリ単位の男だった。その目に、自分はたいそうな間抜けに映るんだろうなと思いながら、歩いてきた道を振り返る。

地形は道の片側が海、片側が山だったが、岬に近づくにつれて山が低くなり、ついには平地になって道路と合流していた。あたりは二車線で、交通量もわりとある。帰宅中の君江をこの路上で襲えば、通りすがりの車の運転手や同乗者に目撃されるはずだった。

目撃情報があれば、警察ももっと熱心に事件性を追っただろう。海での事故と片づけたのは、おそらく目撃者がいなかったからだ。

「この道を歩いていた君江を襲い、かつ誰にも知られない方法は、一つだけだ」

上杉が眼鏡を取り、内側に溜《た》まった汗を払う。

「つまり車で通りかかりざま、中に引っぱりこんで連れ去る」

それなら一分もかからない。和彦は頷《うなず》いた。

「だとしたら、犯人は海女小屋にいた誰かだよね。だって君江が真珠を持っているのを知ってたのは、その人たちだけだし、海女小屋からここまではさして時間がかからないから、君江が歩いている間に、情報が広がったとは考えられないもの」

上杉は、上げた二の腕で額の汗を拭う。

「海女小屋には、おそらく漁業組合の人間が獲物の回収に来ていたはずだ。そこから漁市場に運ぶんだから当然、車だろう。そいつも怪しい」

和彦は、何となく漁業組合長の亀田を思い浮かべた。だが、当時はまだ詩帆子や黒滝と同じ中学生である。車の運転は無理だろう。

「君江は、帰る途中で連れ去られたか、あるいは家に着いて、翌日までの間に何か起こったか、どっちかだな。家から真珠を持って出かけて、その先で何かあったということもあるし」

話しながら廃屋に近づく。そこは海に突き出した崖《がけ》の端だった。海面から上がってくる強い風が体を浚《さら》うように吹き抜けていく。門には門扉の代わりに錆《さ》びた鎖が張られていた。それをまたいで敷地内に入り、伸び放題の雑草の間を横切って白い建物まで歩く。開きっ放しの出入り口からのぞくと、中には何もなかった。屋根と壁に囲まれた空間があるばかりである。

「観光も兼ねたハマチの養殖場って言ってたよな」

おそらく昔はここに事務所があり、地先や沖合の水温や状態を映すモニター、気象衛星の情報を受け取る計器類などが置かれ、餌や稚魚の管理をする人々が歩き回っていたのだろう。

「問題があって閉鎖されたたって、具体的に何だったたんだ。ホテルの建設も中止、開発計画も頓挫《とんざ》だ。これ、調べた方がいいな」

廃屋の隣には、ホテル建設予定地だったと思われる土地が広がる。今は荒れ、夏草に覆《おお》われていた。その中を突っ切って、上杉が崖に向かう。和彦も後ろに続いた。

崖の下には、松の生えたリアス式海岸が広がる。その緑を映した海はエメラルド色だった。崖の脇に蛇行した道がついていて海岸へと降りることができる。ハマチを養殖するイケスが作られていたのは湾の外側で、海を隔《へだ》てて浮かぶ小さな島との間だったらしく、錆《さ》びたポールが何本か、傾いたまま海中に立っていた。

「君江の家があったのは、この辺だ」

上杉は崖の縁《ふち》にしゃがみこみ、曲げた両腕を両腿《りょうもも》にかけて海を見下ろす。

「君江の夫って、漁師だったんだろ。この岬に家が建ってたら、海に近くて二人とも仕事がしやすかったろうし、詩帆子もいて、きっと幸せだったよな」

和彦はあたりを見まわし、かつてここに建っていた家を想像した。漁師と海女と、そして娘の住んでいた家。楽しげな笑顔で話している様子しか思い浮かばない。それが、こんなつまらない結末を迎えることになる建物のために壊されたとは、何とも気の毒でならなかった。

「その後、夫が亡くなっても君江がここに住んでいたのは、思い出のある家から離れたくなかったからだろう。鈴木所長に聞いたんだが、海女は高給取りだそうだ。働き方しだいで、年収は八百万前後にもなるらしい」

和彦は笑みをもらす。どんな時にもきちんと数字を押さえているところが、いかにも上杉だった。

「新しい家を建てようと思えば、簡単にできたはずだ」

もし君江が、自分の家に愛着を持っていたとしたら。そう考えながら和彦は、海の中に突っ立っている錆びたポールを見つめる。その家が壊されることになるリゾート開発計画には、反対だっただろう。

「おい」

上杉が、刺すような声を上げる。

「俺、なんか見えてきた気、する」

崖の縁にしゃがんだまま、片肘を腿について斜めにこちらを振り仰いだ。

「さっき新聞を調べてた時、記事の量がすごく少なかったって言ったろ。当時、このあたりでは漁業権の一本化問題が持ち上がってたんだ。漁業権の一本化ってさ、よく考えてみればリゾート開発のことじゃん」

そう言われて和彦も、初めてそれに気がついた。漁業権とは、漁師や海女の一人一人が持っている海から収穫を得る権利である。その地域の漁業組合がそれを統括しており、同じ海岸線でもいくつもの漁業組合に分かれていた。海に面した土地を開発する場合、漁業権水域内の埋め立てなどが必要になり、その水域が多くの漁業組合にまたがっていると、それらの全部と話し合いをしなければならない。時間と手数を省《はぶ》くために、予《あらかじ》め漁業組合を一本化し、交渉をしやすくするという方法がよく取られていた。つまり漁業権の一本化は、開発の前触れなのだ。

「君江が自分の家を守りたくてリゾート開発計画に反対していたとしたら、賛成派との間にトラブルを抱えていた可能性があるぜ。この事件、ひょっとして、それが絡《から》んでるんじゃね」

そうだとすれば、当時、君江の恋人だった市役所の高田がいろいろと知っているはずだった。和彦は、今それを調査している若武の奮闘努力に期待する。上杉も同じ気持ちだったらしく、ゆっくりと立ち上がりながら空を仰いだ。

「若武先生、頑張ってくれよ」

和彦のポケットでスマートフォンが鳴り出す。取り出してみると、若武だった。

「スピーカーフォンにしろよ」

上杉に言われ、セットして二人で耳を傾ける。いい結果を聞きたくて胸がうずいた。

「今、市役所だ。高田を当たった。ところがアクセス不能。異動でも退職でもないぜ。実は、死んでるんだ」

和彦は、急に太陽の光をまぶしく感じる。蟬《せみ》の声が一気に勢いを増し、激しくなった。上杉が自嘲的な笑みを浮かべる。

「マジかよ、この展開」

君江のことに限らず、高田はこの事件に初めて現れた証言のできる関係者だった。真相を解明するキーマンだったのだ。それがすでに故人とは。期待していただけに、落胆も大きかった。

「死んだ時期は、君江が行方不明になって間もなくだ。なんと、自殺なんだぜ」

上杉の目に、ふっと緊張が走る。和彦も鼓動が高くなった。

「高田の所属は、開発課だ。リゾート開発計画の推進担当だったんだ」

和彦は、上杉と目を見合わせる。先ほど芽生えた疑惑が、胸でその色を深めていた。

「で、漁業権一本化に向けて、沿岸住民と話し合いを重ねていた。沿岸住民は、賛成派と反対派に分かれていたんだが、しだいに賛成派が増えていって、反対派の最後に残ったのが君江だ。高田は、その説得に当たっていた」

二人が頻繁《ひんぱん》に会っていたというのは、海女たちが噂《うわさ》していたようなデートではなかったのかもしれない。漁業権の一本化やその後に待っているリゾート開発についての真剣な話し合いが、二人の間で行われていたとしても不自然ではなかった。

「その君江が行方不明になって反対派はゼロとなり、計画は一気に進んだ。これって、邪魔者《じゃまもの》は消せってパターンの典型だろ。高田が自殺したのは、漁業水域内の埋め立てが始まった頃だ。これもまた、事がうまく運んだから手を汚した実行犯の口を封じたってパターンにドンピシャ」

海女と真珠の行方不明で始まった三十年前の事件は、予想もしなかった展開を見せ始めていた。

「俺からの報告はこれだけ。おまえらの方の成果は」

若武に聞かれて、上杉は癪《しゃく》にさわるといったようにスマートフォンをにらみ、そっぽを向く。和彦があわててそれを耳に当てた。

「そっち以上のものは、手に入ってないよ。ごめんね」

若武の意気揚々とした声が響く。

「よし、じゃすぐ戻れ。リゾート開発計画の方から、この事件を追おう」

和彦が電話を切るのと、スマートフォンからもれた声を聞いていた上杉が忌々《いまいま》しげに舌打ちするのが、同時だった。この事件とリゾート開発計画の関係を、最初に疑ったのは上杉だった。それを若武に横取りされる形になって、おもしろくないのだろう。和彦は上杉の肩を叩《たた》く。

「帰ろ」

その手を振り払って上杉は、茂る草を踏みつけ、来た道を引き返した。和彦も、後を追う。空は、陽射しを振りまいて青く、目には緑の海が映る。黙って歩きながら和彦は、この景色は三十年前も、きっと変わっていなかっただろうと思った。和彦が今、見ているものを見ながら、君江もここを歩いたのだ。自分や、自分の娘を待っている不幸を予想もしないで。

胸を痛めながら足を進めていくと、海の上で突然、あの白い光がきらめいた。目を射られて和彦は声を上げそうになる。岬のすぐ近くだった。

かつて二度ウォータージェットから見た時には、もっと遠くに感じた。それで沖の方だとばかり思っていたのだった。斜めから見ていたせいだろうか。あるいは光を発している何かが、波に乗って岬に近づいてきているのかもしれなかった。

「おい」

先を歩いていた上杉が、押し殺した声を上げる。和彦が目を向けると、向こうから白い日傘が近付いてきていた。

「詩帆子さんだ」

ゆっくりとこちらにやってくる。今日は、透けるような琥珀《こはく》色の地に大きな貝を散らしたプリントのツーピースだった。裾《すそ》に、波の模様が入っている。昨日、研究所の前の海辺を通りかかった時と同じ一定の歩調で、自分だけに見える道を歩いていた。

「もしかして毎日、ここに通ってるのか」

今は、もう存在しない自分の家に向かう道、それはおそらく幸せに通じる道なのだろう。詩帆子は、まだ事件が起こっていない三十年前を生きているのかもしれない。いや、それより前、家族三人がそろっていた幼い日々を追いかけているのだろうか。

その足が静かに止まる。ちょうど和彦の前だった。日傘を傾け、その縁からこちらを見ると、滑《すべ》るように歩み寄ってきて目の前に立つ。突然で、和彦はどうしていいのかわからなかった。鼓動を高くしながら、ただ黙って詩帆子を見つめる。

詩帆子は前かがみになり、片手を伸ばした。和彦の頭に載せて髪をなでる。和彦は初めて、詩帆子の目を近くから見た。睫毛《まつげ》が触れそうなほど近づいたそれは、あふれんばかりの悲しみのこもった、優しい目だった。海に似ている。小さな小さな、たぶん世界で一番小さな海だった。その中に、虚《うつ》ろな一点がある。海は満ちているのに、そこだけポツリと穴でも空《あ》いているかのようだった。不思議に思いながら和彦は、溺《おぼ》れる自分を感じる。息ができなかった。

体を戻して詩帆子は手を引き、再び歩き始める。ツーピースの波模様をひるがえし、遠ざかっていった。それを見送っていると、真夏の陽射しの中に君江の姿が浮かび上がり、詩帆子の細い体に寄りそうようにして一緒に歩いているかに思われた。二人を見つめながら、和彦は自分の心に思い定める。行方不明の君江も、青い真珠も絶対、見つけ出す。詩帆子の心を安らげて、この哀しい彷徨《ほうこう》にピリオドを打つ、必ずだ。

3

和彦たちが研究所に戻ると、玄関ホールで若武が待っていた。

「諸君、ご苦労。まぁ飯でも食おう。腹が減っては戦《いくさ》ができん」

三人で賄《まかな》い部屋に向かう。座卓には所員全員分の昼食が並べられており、手の付いているものもあったが、誰の姿もなかった。

「さっき突然、亀田漁業組合長がやってきて、皆で緊急会議だ。俺たちは、さっさと食おう」

上杉が真っ先に座りこみ、箸《はし》を取る。和彦は、鈴木と亀田の関係が必ずしも良好でないことを思いながら、会議室のある二階に視線を上げた。鈴木は、色々あると言っていた。食べかけの昼食を中断してまで、いったい何の話をしているのだろう。

「諸君、これを見ろ」

若武が、座卓の上に分厚い本を置く。

「市政概要《しせいがいよう》だ。市の資料室から借りてきた。市発行のガイド本で、この市の歴史、および現在についてのすべてが書かれている」

俺の手柄だぜと言わんばかりの、得意《とくい》げな顔つきだった。勢いに乗っている時の若武は、実に生き生きしている。どんな不可能も可能に変えてしまいそうな熱気を体中から放っているのだった。それに触れて和彦は、何となく安心する。過去のことを考えれば、その熱が必ず成功に結び付くとは限らないのだが、その時は巻きこまれ、大船に乗ったような気持ちになるのだった。

「リゾート開発計画についても、当然載っている。これを調べて、まず全容を把握し、今後の方針を立てよう」

黙ったままひたすら食べていた上杉が音を立てて箸を置き、立ち上がる。

「二人でやんな。俺は、ネットで黒滝を調べる」

さっさと出ていこうとする上杉を、若武は茶碗《ちゃわん》に手を伸ばしながら振り返った。

「勝手に行動すんな。リーダーは俺だぞ」

上杉は背中を向けたまま軽く片手を上げ、ガラス障子の向こうに姿を消す。若武は唖然《あぜん》としてつぶやいた。

「あっさりスルーって、何なんだ」

上杉の機嫌《きげん》は、まだ直っていない。このまま若武と顔を突き合わせていると、些細《ささい》なことでぶつかりそうだと思ったのだろう。

「一冊の本を三人で見てるより、手分けして調査した方が効率的だって判断だと思うよ」

和彦がそう言うと、若武は腹立たしげに頬をゆがめた。

「ああ、あいつにとってすべての基本は、数字だからな。一冊に三人は、あり得ないんだろう。だが協調し、一丸となって事に当たろうって気持ちを持ってれば、一冊三人はありじゃんか。本当に大事なものは数字じゃ表せないってこと、今度トコトン教えてやる」

フォローしたつもりが、そうならなかったらしい。和彦はあわてて言葉を重ねた。

「でも僕も、上杉に同感だ。今回の事件に関連して調べなくちゃいけないことは他にもたくさんあるから、ここは集中よりも分散だと思う。ハマチ養殖場が閉鎖された事情とか、ホテルの建設が中止され、リゾート開発計画が頓挫《とんざ》した理由とか。市にとってのマイナス面って、市が発行する市政概要には載ってないと思うからさ。事件当日、海女小屋にいたメンバーや、そこに出入りしてた漁業組合の人間も調べた方がいいし」

若武は、シャリッと音を立てて白菜の漬物を噛《か》む。

「そんな一生懸命に庇《かば》わなくたっていいよ」

いく分、哀しげな言い方だった。

「俺、別に怒ってない。ただ三人で、一緒にやりたかっただけだよ」

珍しく黙りこみ、ひたすら食べる。和彦は思い切って聞いてみた。

「若武さぁ、なんでいつも上杉と喧嘩《けんか》になんの。別に、嫌いな訳じゃないよね」

若武は、まるで幼稚園児のようにコクリと頷《うなず》く。

「嫌いじゃない。だけど、あいつが突っかかってくるから、つい癪《しゃく》にさわるんだ」

確かに上杉は皮肉屋だった。センスがよく、ダサいことやくだらないことに我慢ができず、攻撃する。

「喧嘩《けんか》を売るのは、いつもあいつだ。俺じゃない。だけど俺、リーダーじゃん。だから上杉の価値観も尊重しようと思ってるし、自分自身も努力して、よりよく変わっていきたいって考えてる。ただ今は、それがうまく回ってないだけだ。そのうちきっとよくなるよ」

そう言って若武は黙りこんだ。沈黙が広がり、蟬《せみ》の声が大きくなる。和彦は、若武がいつになく素直に話しているのを感じ、昨夜からの疑問を聞いてみる気になった。

「話、変えてもいいかな」

若武の同意を確認してから続ける。

「コンテナ事件のことだけど、何でそんなことしたわけ。茶目《ちゃめ》っ気って言ってたけど、ほんとにそれだけなの」

若武は箸を止めた。しばらく考えていて、何かを捜すような目つきになり、天井を仰ぐ。

「本音《ほんね》は、皆にウケたかったから、たぶん。目立ちたかったって言ってもいいけど。なんか俺らしいことをしないと、クラスの中に埋もれて普通の生徒になってくような気がしてさ。毎日イライラしてたんだ」

茶碗を持ち上げ、中に顔を突っこむようにして食べ始める。和彦は、ふっとおかしくなった。自分は埋もれるほどクラスに溶《と》けこみたいと願い、それができずに休学したかった。若武は埋もれるのが嫌で行動を起こし、林間学校への参加を拒否されたのだ。お互いに正反対の悩みを持ち、正反対の望みを抱いて学校生活に支障を来《きた》し、ここに一緒にいる。一つのことの表裏が、悩みになったり望みになったりしているのだった。それが滑稽《こっけい》に思えた。

「あ、その笑い方、すげぇムカつく」

若武が、自分の箸《はし》置きを投げつける。和彦はあわてて畳の上に置かれていた団扇《うちわ》をつかみ、防戦した。カメの形の箸置きは団扇に当たって座卓に落ち、尻尾がもげる。あせる和彦の前で、若武が慌《あわ》ただしく立ち上がった。

「じゃ市政概要は、おまえに任せる。俺は昨日の海女さんとこに行って、事件当日、海女小屋にいた人間について聞いてみるからさ。そのカメについては、よろしく」

空《から》になった茶碗を置いて飛び出していく。若武はいつも、判断も行動も感心するほど素早かった。和彦は自分も急いで食べて三人分を洗う。壊れた箸置きをポケットに入れ、市政概要を摑《つか》んで部屋に向かった。歩きながら上杉にメールを打つ。

「黒滝さんについて、僕が持っている情報。黒滝さんは、過去に罪を犯していると思う。証拠はないけど、僕はそう考えている」

上杉に直接言わなかったのは、あの場に若武がいたからだった。若武は、黒滝に心酔している。その気持ちを傷つけたくなかったし、和彦自身も黒滝への憧れを捨てられずにいた。自分の理想像を失いたくない。

だがあの目を見てから、その気持ちの底に冷え冷えとしたものが流れこんでくるのを止められなかった。それは、黒滝が憧憬《どうけい》に値する人物であってほしいと願う気持ちと入り交じり、和彦の胸の中で複雑な渦を作っている。その混沌《こんとん》が重かった。

部屋に入り、持ってきたボストンバッグの中から瞬間接着剤を出してカメを補修する。それを窓辺に置き、机に着いて市政概要を開いた。まずリゾート開発計画のあらましが書かれているページを捜す。短い記述があった。

それによれば、リゾート開発計画を提案したのは新漁業組合で、その目的は、自然に恵まれたこの地域を大規模なリゾート地として再開発し、総合的な観光事業を運営してこの市の発展を図《はか》るというものだった。この計画に基づき、沿岸一・三haの海面を埋め立てることが決定している。資金は新漁業組合が出し、市側がこれを援助する形で、資金調達や開発業者の斡旋《あっせん》、地元住民への説明会などを担当していた。

記述の最後は、こう結ばれている。様々な悪条件が重なって計画は中断したが、観光地としてのこの地域の可能性が否定された訳ではなく、新たな機会に恵まれれば再度、挑戦するべきであろう。

計画が中断した原因については、触れられていなかった。和彦は、提案者となった新漁業組合に注目する。

若武の立てた説によれば、この計画に反対した君江は邪魔者として消された訳だから、裏で糸を引いたのは当然、計画の提案者である新漁業組合ということになる。そのトップは、いったい誰だったのか。

市政概要の目次には、新漁業組合という項目がなかった。代わりに漁業組合というページがある。開いてみると、そこには昭和の初めからの各地区の漁業組合の名称がずらっと並び、代々の組合長の名前と生没年が併記されていた。三十年前、それが一つに統合され、新漁業組合という名称になったのである。

その組合長の氏名欄には、亀田光一とあった。陽香が話していた祖父、今の組合長亀田の父親だろう。新たに登場したこの第四の人物に、和彦は胸を躍らせた。

新漁業組合のトップとしての亀田光一の初仕事は、リゾート開発計画を市政に提案することだったに違いない。ところが自分の膝元ともいえる地区に住む君江から、反対の声が上がった。陽香によれば、この辺の土地も人間も全部、自分のものという意識だそうだから、反対されてさぞ激怒しただろう。新漁業組合が発足したばかりの時期であり、傘下《さんか》に収めた他の組合へのメンツもあったはずで、憤り《いきどお》が大きく膨《ふく》れ上がったことは想像に難《かた》くない。

亀田光一が君江を邪魔に思って事件を企《たくら》み、指示を出したのだと考えても何の不思議もなかった。行方不明の君江や青い真珠の在処《ありか》、高田の関与についても、おそらく光一がすべてを知っているのだ。

そこまで考えて、はっとする。光一も高田同様、すでに死んでいた。事件の全貌を聞くことも、君江や真珠の行方を問い質《ただ》すことも、今となってはもうできないのだった。

和彦は、両手を市政概要に押しつける。はっきりしかかっていた真実が、一気にぼやけていく気がした。苛立ちを嚙みしめながら、にじむ汗を拭う。君江や真珠は、流れ去った三十年の時間の彼方《かなた》に埋もれていた。それを掘り起こすことは、もうできないのだろうか。

目をつぶり、大きく呼吸して気を取り直す。努力しよう。一歩でも半歩でも事実に歩み寄っていくのだ。あの岬で自分は、それを誓ったじゃないか。

4

決意を抱きしめつつも方途《ほうと》が見出せず、和彦は当てもなく市政概要を引っくり返す。進んだり戻ったりしながら読んでいて、市内の漁業というページに目を留《と》めた。

工業優先の日本の政治方針により、この市では漁民が苦しい生活を強《し》いられているとの記述だった。養殖業者を除いた漁民の平均年収は三百六十万円以下で、資金を投じて機械化をしてみても、近年の気象の変化や海の汚染に起因する漁獲量の減少により、借金を返せない状態になっているとある。

年収三百六十万以下というのは、日本のサラリーマンの平均より、はるかに低い。そういう漁民たちが、リゾート開発計画で生まれる雇用に期待したのだろう。ホテルに勤めたり、ハマチの養殖場で働いて生活を安定させたいと願って計画に賛成したのだ。

だが一人でも反対者がいれば、計画は進まない。反対する君江は、賛成派の人々にとってどれほど邪魔《じゃま》な存在だったろう。しかも君江個人は、海女として高収入を手にしていたのだ。それがどんなに賛成派の怒りを大きくしたことか。

三十年前、この地域は、誰が君江を襲ってもおかしくないような状況になっていたのではないか。指示を出したのは亀田光一としても、警察の調べに対しては、皆が口裏を合わせて隠してしまったのではないか。そんなふうにすら思えた。

もしかして黒滝は、それに関係したのかもしれない。一瞬、心を過《よ》ぎったその考えに、必死だったあの暗い目が重なった。

「待ってください、組合長」

中庭で大きな声が響く。和彦は立ち上がり、窓辺に寄った。下の庭に鈴木が出てきている。それを振り返って足を止めているのは亀田だった。和彦は耳をそばだてる。声は聞こえるものの、内容が聞き取れない。だが鈴木の真剣な表情を見れば、容易ならぬ事態であることは明らかだった。話を聞こうとして、和彦はそっと窓を開ける。

「漁業は、経済優先では成り立ちません」

力のこもった鈴木の声は、わずかに震えていた。

「この研究所は、海洋環境の保全と水産資源の管理、つまり海を守りながら収穫を得るという理念を実現するために、スタートしたはずです」

和彦の肘《ひじ》が、先ほど置いたカメに触る。あっと思った時にはもう、カメは真っ逆さまに落ちていくところだった。和彦はとっさに窓辺から身を引く。今後、起こりうる事態がいくつも頭に浮かんだ。誰かに当たって怪我《けが》をさせるとか、落ちて飛び散った破片が何かを直撃するとか。

壁に寄りかかり息を詰《つ》めていると、やがて車のドアの音がし、エンジン音が続いた。恐る恐る窓辺による。中庭には、もう誰もいなかった。取りあえず怪我人は出なかったらしい。よかったと思ったとたん、ドアがノックされた。叩《たた》き壊《こわ》さんばかりに激しい。

「俺だ」

上杉だった。あわててドアに駆《か》け寄って開ける。怒りを滾《たぎ》らせた上杉が立っていた。

「これ落としたの、おまえだろ」

突き出された掌《てのひら》に、カメの箸置きがあった。

「飯の時に、出てた奴《やつ》だよな」

パソコンで黒滝を調べていたはずの上杉が、なぜこれを持っているのだろう。戸惑《とまど》いながら和彦はカメを手に取る。上杉は胸の前で両腕を交差させ、一気にTシャツを脱ぎ捨てて背中を向けた。

「俺の頭に当たって、背中に飛びこんだんだ」

肩からウエストあたりまで、背筋にそって長い傷がつき、血がにじんでいる。

「パソコン室は、鈴木所長たちが会議をしていた部屋の隣だ。話が丸聞こえなんだよ。しっかり聞いてたら、途中で亀田組合長が怒って席を立って、それを鈴木さんが追いかけてさ、どうせなら最後まで聞こうと思って二人の跡をつけて、植えこみに隠れてたんだ」

和彦は思わずカメを見る。手が一本欠けているだけで、他の被害はなかった。上杉の頭は、その中身とは違って、意外に柔らかいのかもしれない。そう考えたらなんとなくおかしくて、笑い出しそうになった。

「きっさま、いい度胸だな。一発食らいたいのか」

拳を固める上杉を、何とかなだめて部屋に入れる。

「その背中、手当てした方がいいかな」

和彦が聞くと、上杉は手に持っていたTシャツを椅子の背に投げつけた。

「いらねーよ」

半裸のまま腰を下ろし、背もたれに寄りかかって腕を組む。

「亀田組合長は、この研究所の予算を大幅に削減するか、もしくは研究所そのものを閉鎖するって言ってんだ」

和彦は、鈴木の言葉を思い出した。色々あると言っていたのは、おそらくそのことだったのだろう。

「漁業組合の経営が苦しいらしい。今月中に組合内で決議し、来月の議会に諮《はか》るって言われて、鈴木所長以下、全職員が反対の声を上げてた」

もっともだと思いながら、心配になる。鈴木たちにしてみれば職を失いかねない大問題だったし、海に住む生物にとっては、保護者を失うかもしれない危機だった。

「僕たち、何とか役に立てないかな」

そう言うと、上杉は当惑したような顔つきになった。

「おまえ、方向、違ってっぞ」

パチパチと音のしそうなほど大きな瞬《まばた》きを繰《く》り返していて、やがて口を開く。

「気持ちはわかる。おまえはマイコプラズマからアルゼンチノサウルスまで、この世のありとあらゆる生き物を愛する男だ。研究所の危機は、研究所に守られている生物の危急存亡の秋《とき》でもあるだろう。それはわかるが、取りあえず置いとけ」

小さな子供に言いきかせるような口調で、上杉は、和彦の顔色を見ながら続けた。

「これから俺が、すげぇ情報を話す。鈴木所長らの話から摑《つか》んだんだ。いいか、そっちに移るぞ」

身を乗り出し、組んだ両腕の肘《ひじ》を大腿《だいたい》に載せる。切れ上がった目に、鋭い光がまたたいた。

「三十年前のリゾート開発計画が、なぜ失敗したのか、その原因がわかったんだ」

和彦は息を詰《つ》める。それは調べなければならないことの一つだった。

「原因は、何だったの」

ポケットでスマートフォンが鳴り出す。煩《わずら》わしく思いながら出してみると、若武からだった。

「若武が、何か言ってきた」

上杉が立ち上がり、そばにやってきてスマートフォンを取り上げる。スピーカーフォンのボタンを押してから、返してよこした。押し殺した若武の声が流れ出る。

「海女さんからは、目ぼしい情報なし。ラテン系は、過去に拘《こだわ》りを持たんらしい。今、帰りだ。ボート置き場のそば」

緊張した息遣いが伝わってくる。和彦は、上杉と顔を見合わせた。

「高校生が十人くらい、鉄パイプ持ってタムロってる。どう見ても不良《ヤンキー》だ」

上杉が、目を剝《む》く。

「実況中継してんじゃねーよ。ほっとけ。関わるなよ。スルーしろ、スルー」

上杉なら、それもできるだろう。だが若武はホットガイなのだ。誰かが困っていたら、必ず手を貸す。見て見ぬ振りはしないし、損な役回りでも絶対に断らなかった。皆が嫌がるような状況なら、余計に引き受けたがる。以前に上杉が、てめぇ正義の味方気取るんじゃねーと言った時、若武の答はこうだった。血が燃えんだよ、じっとしてられねーんだ。それで上杉から、燃焼性血液体質と呼ばれていた。

「お、今のは、冷血非情の上杉だな」

若武にそう言われ、上杉は、スマートフォンに向かって舌を突き出す。

「まぁ聞け。不良たちはこう言ってる、今朝からボートで出てるとか、昼にゃいったん上がってくるだろうとか。話の様子からして、狙《ねら》ってるのはどうも黒滝さんみたいなんだ」

和彦は、昨夜のバトルを思い出す。あっという間にやられて退散したあの連中が、復讐《ふくしゅう》を企《たくら》んでいるのに違いなかった。あの時、黒滝は実にあざやかだった。だが大勢で武器を持って待ち伏せされていては、今度は危ないかもしれない。

「俺、このまま見張ってるからさ、黒滝さんに連絡取って、このこと知らせてやってよ」

若武の声は、どこか浮き浮きしていた。不穏な気配を察知し、血が燃え始めているのだろう。

「頼んだぜ」

電話が切れると、上杉がぽつりとつぶやく。

「今日も潜《もぐ》ってるのか。まるで潜るために、ここに来たみたいだな」

確かにそうだと思いながら和彦は、パールホテルに電話をかけた。フロントの係員に聞くと、黒滝は、朝から出かけたという。ホテルを通じて貸しボート屋と契約しており、昼食も持っていったから夕方まで戻らないだろうとのことだった。何と返事をしたものか困っていると、上杉が話の流れを察したらしく、声を殺して叫んだ。

「携帯、聞いとけ」

和彦はフロントマンに尋ねる。ところが個人情報の守秘義務に抵触するらしく、断られた。しかたがないので自分の番号を言い、ホテルから黒滝に電話してこの番号に至急、連絡をくれるよう伝言する。

「一日中、潜るつもりらしいよ」

電話を切ってそう言うと、上杉は信じられないといったように首を横に振った。

「体力、すげぇ」

和彦が考えていたのは、別のことだった。夜こっそり潜るだけでなく、昼間も続けているとなれば、傍目《はため》など気にしていないのだ。黒滝をその行動に駆《か》り立てるものは、いったい何なのか。

君江行方不明事件とのつながりが濃くなっていくように感じて、気持ちが落ち着かなかった。自分をなだめながら和彦は、市政概要からわかったことと、黒滝から威嚇《いかく》されたことを上杉に話す。上杉は、大きな溜《た》め息をもらした。

「それじゃ、もう決まったも同然じゃん。いいか、君江行方不明事件を企《たくら》んだのは、邪魔者を排除したかった亀田光一だ。光一は、仕事で自分とつながっていた開発課の高田を実行犯に選んだ。開発計画の推進係だった高田なら、君江と接触する機会が多いし、会っていても不審感を持たれない。高田も、君江一人のせいでリゾート開発が進行せず、自分の仕事が捗《はかど》らないことに苛《いら》立《だ》っていた。上司から怒られ、急《せ》き立てられていたかもしれない。すべてに決着を付けるために、光一の企みに乗ったが、その後、後悔して自殺した。そして黒滝は、これらに何らかの関係を持っていて、今、海に潜《もぐ》って何かを捜している」

そこまで言って一瞬ためらいを見せ、和彦の表情をうかがった。

「ネットで黒滝のことを調べたよ。おまえ、それ、聞きたいか」

5

わざわざ尋《たず》ねるのは、いい話ではないからだろう。それでも聞かずにすませられるものではなかった。和彦は覚悟を決め、頷《うなず》く。

「黒滝の当時の名前は、河上だ。父親はこの地に転勤してきたサラリーマン、母親は専業主婦。中学まで成績はかなりよく、おとなしい子だったらしい。部活は読書クラブ。東京の有名校を受験するために、中三でいったん都内の中学に転入し、伯父の家に下宿していたと自分のブログに書いている。だが東京の高校を受験するなら、中学卒業までここにいてもいいはずだ。それなのにその途中で、一人で東京に出た。そして有名高校から有名大学に入学、そこを卒業後、今の建設会社に入り、社長の一人娘と結婚、黒滝姓になり、十年前、義父の死亡で三十五歳にして社長に就任だ」

和彦の中で、黒滝のイメージが揺らぐ。才能も実力もあり、多くの社員から抜きん出て頭角を現し、認められて社長になったのだとばかり思っていた。だがよく考えてみれば、日本の上場企業の社長として、黒滝はあまりにも若すぎる。娘婿ということがなければ、そのポストは難しかったのかもしれない。

「ネットじゃ相当、叩《たた》かれてるよ。出世のために上司に取り入った野心家だとか、社長の椅子狙《ねら》いで娘と結婚し、養子になったとか、自分の利益しか考えない利己主義者だとか」

和彦は心を痛める。そういう声は、ネットだけでなく現場にもあっただろうし、黒滝本人の耳にも入ったに違いなかった。

「だが黒滝が社長になってから、この会社の株はかなり上がっている。景気の波にも左右されず確実に成長を続け、事業を拡大しているんだ。建設会社という名前はそのままだが、各分野の企業を吸収合併して巨大化、複合企業《コングロマリット》を形成し、東南アジアや北米にも進出している。社長としての手腕は、相当あると見ていい」

冷静な分析に、ほっとした。すべてを数字で押さえたがる上杉ならではの判断で、和彦一人では株価を見ること自体、思いつかなかっただろう。

「有価証券報告書も調べた。それと民間のリサーチ会社が公開したデータを合わせて考えると、黒滝の役員報酬総額は、五十二億だ。日本でこれを超えるのはソフトバンクの副社長と、オリックスのトップだけ。この五十二億の他に自社株の配当金もある。黒滝の合計年収は、百億に近くなるだろう」

それだけの収入があれば、五年前、ここの漁業組合に注ぎこんだ大金も、とっくに清算を終えているに違いない。和彦は自分のことのように気持ちが楽になった。

「仕事ぶりは、勇猛果敢で有名。そのために複数の民事訴訟も抱えている。法律違反すれすれの荒稼《あらかせ》ぎもやってるみたいだな」

あの目の激しさと暗さは、そのせいかもしれない。いや、むしろそうであってほしいと和彦は望んだ。法律違反すれすれなら、まだ未罪だった。だが君江事件に関わっているとすれば、明らかに犯罪なのだ。

「俺が引っかかったのは、中学までは読書クラブの秀才タイプ、高校から大学まではラグビー部に所属したってことだ」

和彦は、黒滝の言葉に思いをはせる。強くなりたいと思った時期が長く続いたと言っていた。

「読書クラブとラグビー部は、方向が真逆《まぎゃく》だ。しかしラグビー部と建設会社は、同系統の臭いがする。インドア派から体育会系へ、これは黒滝が伊勢志摩を離れてからの変化だ。なぜそうなったのか。黒滝がこの地を離れたのは、正確には中学三年の夏休み、君江行方不明事件が起こった直後なんだ」

鼓動が、一気に跳《は》ね上がる。

「君江行方不明事件は、黒滝のメンタルに深刻な影を落とした。もっと具体的に言えば、黒滝はそれに関わり、自分の手を汚したんだ。それから逃げるために急いでこの地を離れ、かつ自分自身を変えて過去と決別しようとしたというのが、俺の推理」

和彦は、懸命に反論の根拠を捜す。

「黒滝が、ずっとここに戻ってこなかったのは」

きれいな線を描いた上杉の頬には、侮蔑《ぶべつ》の笑みが浮かんでいた。

「忌《い》まわしい思い出を封印し、逃げ切るつもりだったからさ」

和彦は、記憶の中からようやく反論の論拠を見つけ出す。鈴木の言葉に埋もれていたそれに、すがりつきたい思いだった。

「でも五年前の新型赤潮の時、黒滝さんは私財を投じて多額の融資《ゆうし》をしたんだ。本当に過去から逃げたかったら、関わりを持つのは避けようとするはずだ。融資しなかったと思うよ」

上杉は、ふっと唇だけで笑った。

「おお小塚、いいとこ突くじゃないか」

からかうような笑みだったが、レンズの向こうの目には、真剣な光がきらめいている。

「俺も、最初はそう思ったよ。黒滝がこの漁業組合の赤字補塡《ほてん》のために融資した金は、巨額だ。過去から逃げたい男が、わざわざそんなことをするだろうか。するはずがない」

和彦は、急に不安になる。上杉がこんなふうに相手に同調するのは、反撃の前兆《ぜんちょう》だった。寄りそってきて一気に足元をさらい、引っくり返す。それが上杉の得意技なのだ。若武などは始終、その手でやられている。

「しかし黒滝は、実際に融資をした。なぜしたのか。俺は、その事実から逆に考えてみた。つまり逃げた男が再び過去と関係を持たざるを得なかったとしたら、それはどういう場合か」

口調はしだいにゆっくりになり、その眼差《まなざし》は静まり返っていく。和彦は身震いした。上杉は、自分の主張に自信を持っているのだ。それが、揺らぎ始めている英雄像を粉砕《ふんさい》してしまうような気がして恐ろしくてたまらなかった。

「色々考えたが、結論はこうだ。つまり君江行方不明事件には、黒滝以外の人間も関与していた。そいつは、その後も地元に残っていて、新型赤潮の被害の際、黒滝を脅迫《きょうはく》したんだ。あのことをバラされたくなかったら、融資をしろと」

和彦は揺さぶられる。確かに考えられることだった。だが、それを肯定《こうてい》すれば、黒滝が脅迫に屈《くっ》したと認めることになる。反射的に首を横に振った。ところが上杉は気にも留《と》めず、滔々《とうとう》と自説を展開する。

「黒滝に融資を頼んだのは、漁業組合長の亀田だ。脅《おど》したのは、おそらく奴《やつ》だろう。二人は当時、中三で同級生だ。亀田が黒滝にタメ口だったことを考えると、黒滝は亀田のダチというより、手下だったんじゃないか」

和彦は、必死で抗議する。

「じゃ黒滝さんが今、ここに来てるのは、なぜ。五年前の融資が脅迫によるものだったとしても、今回は違うよ。自分から来たんだ。それはどうして」

上杉は、問題にもならないといったように軽く笑った。

「それは、海から何かを引き上げるためだろ。発見されれば、自分が三十年前の犯行に関与したことがわかってしまうような証拠品だ。おっと、言いたいことはわかってるぜ。どうして今になってそれを捜すのか、だろ。黒滝の会社のホームページに、社の行事ってサイトがあって、それを見ると今年一月に社葬を出してる。会社の顧問だった女性が病死したんだが、これは黒滝香奈枝、つまり前社長の娘で黒滝の妻だ。二人の間に子供はいない。黒滝の持っていたあの薬はおそらく、妻の死のダメージから回復するためのものだ。精神科に通ってるんだろう」

そうだったのかと和彦は思う。子供のいない家庭で伴侶《はんりょ》を失った黒滝は、きっと孤独だったのだ。

「妻の死で、心が萎《な》えたってことさ。今までは強気で、見つかりっこないと思っていたものが、急に心配でたまらなくなったんだ。で、誰にも発見されないうちにこっそり引き上げようと、ここにやってきた」

和彦は言葉に詰《つ》まる。反論できなかった。倒壊し始めている理想の男像を支えられない。

「心に亀裂を抱えていても、その他の部分では完璧に振る舞うことができる男なんだ」

胸をえぐられるような気がした。上杉の説によれば、黒滝は亀田の子分だったのだ。しかも犯罪者であり、その罪から逃げた卑怯者《ひきょうもの》なのだ。和彦がヒーローに相応《ふさわ》しいと思っていた巨額の資金提供も、脅《おど》されたからにすぎず、妻の死に打ちひしがれ、それを乗り越えられずに心を病んだ弱々しい男で、自分の過去の犯罪に怯《おび》え、それを隠すために故郷の土を踏んだのだった。

普通の男以下だった。まともな人間ですらない。和彦は、胸の痛みを抱きしめる。見窄《みすぼ》らしく、浅ましく卑劣な男に見えてくる黒滝に耐えられなかった。

「俺たちが見つけたカッコいい男は、見掛《みか》け倒《だお》しだったってことさ」

投げ出すように言った上杉の声に、妙な響きが入り混じる。和彦は視線を上げ、上杉の目の中に傷口のような影があることに気づいた。自分で行きついた結論に、自分で傷ついている。和彦は驚きながら、これまでのことを思い返した。

上杉は、黒滝への憧れを捨てたのだとばかり思っていた。だが、そうではなかったのかもしれない。黒滝に疑惑を抱いたのは、持ち前の冷静さからで、そこに若武への対抗心が芽生えたために方向を変えられなくなったのだ。

入手した情報を上杉らしくきちんと分析し、考えを積み上げ、推理を進めながら、それを否定するものが何らかの形で出てくることを期待していたのだろう。それを出すのは、和彦の役目だったのかもしれない。だが和彦は、上杉の求めるレベルまで行きつかず、期待に応えることができなかったのだ。

「上杉、ごめんね」

そう言うと、上杉はその吊《つ》り上がった目に、ふっと笑みを含んだ。

「何がだよ、変な奴」

机の上に置いた和彦のスマートフォンが鳴り出す。手に取ってみると、見たことのない番号で、携帯電話からだった。恐る恐るスピーカーフォンにする。

「ああ小塚君、連絡ありがとう。何かあったのかい」

黒滝だった。待っていたとはいえ、疑惑の渦中の人物からの電話に、和彦は喉《のど》が干上《ひあ》がるような気がした。あせりながら声を絞《しぼ》り出す。

「高校生が、ボート置き場で待ち伏せしてるって若武から連絡がありました。昨日、寺で窃盗しようとしていた連中だと思います。帰ってくる時は、どこか別の場所に着岸してください」

軽い笑い声が聞こえた。

「そうか。でもせっかく待ってるのに、ガッカリさせたくないな。この炎天下で、長く待たせたくもないし」

やる気満々だった。和彦は唖然《あぜん》とする。危険だという連絡を受けているのに、なぜ進もうとするのだろう。

「まぁ適当に処理するよ。心配しないでいい。それより若武君が現場にいるのなら、早く引き上げるように言ってくれ。巻きこみたくない。じゃあね」

切られそうになって和彦はあわてる。

「でも連中は、鉄パイプを持ってるんです」

そう言った時には、電話はすでに切れていた。

「黒滝さん、行く気だ。どうしよう」

上杉が信じられないといったように眉根を寄せる。

「嘘《うそ》だろ。何が哀《かな》しくて、わざわざ鉄パイプの不良集団に突入するんだ」

理解できない気持ちは、和彦も同じだった。

「若武を巻きこみたくないから、引き上げさせてくれって」

上杉は、椅子の背にかけてあったTシャツに手を伸ばす。

「どうやって連絡すんだよ。できねーって。スマホ鳴らしたら連中に見つかるし。だいたい本人が切ってるだろ。かかってきたら、ヤバいからさ」

引ったくるようにそれを取り上げ、両腕を通した。

「俺、行ってくる」

眼鏡をはずし、その蔓《つる》を口にくわえてTシャツに頭を突っこみながらドアから踏み出していく。和彦はあわてて追いかけた。さっき若武から電話があった時、スルーしろと言ったのは、いかにも上杉らしかった。だが今こうして出かけようとするのも、やはり上杉らしいのだった。不思議だと思いながら肩を並べる。

「僕も行くよ。心配だもの、上杉もそうなんだろ」

隣で、嫌《いや》そうな声がした。

「んな訳あるか」

強がりが丸見えになっている。ちょっと笑うと、上杉が肩でこづいた。

「おまえさぁ、ここでおとなしくしてろよ。どうせバトル現場行っても、おまえなんか、役立たないんだからさ」

まぁ、それは言えるかもしれない。上杉と若武は私立のサッカーチームに所属し、レギュラーの地位を確保していた。素早く動き、勘もよく、恐ろしく確実で破壊力のあるシュートを打つ。だが和彦は体を動かすのが苦手で、運動センスはもちろん運動神経も、ないも同然だった。

それでも、ここは行かねばならない。もし行かなかったら、後で上杉や若武にどれほど馬鹿にされるだろう。戦いから逃げたら、男と言えないのだ。きっと十年経《た》っても二十年経っても、話の種にされるに決まっていた。そんな自分は、自分自身でも恥ずかしい。

「それにしても、黒滝もさ」

上杉は、いかにも面倒《めんどう》だといったように言い放つ。

「ここは逃げとけばいいものを、何を好き好んで行くんだ」

その言葉が、強い風のように和彦の胸を打った。今まで見えなかったことに突然、気がつく。

「黒滝さんは、逃げない人なんだ。だから今、行くんだよ」

倒れた偶像が再び立ち上がるのを見ているような気がした。心が高揚し、痛みが見る間に消えていく。胸がときめき、思わず大声を上げた。

「自分に降りかかってきたものから逃げない人なんだ。上杉のさっきの推理は、きっとどっか違ってる。どこかが間違ってるはずだ」

上杉は片手を上げ、鬱陶《うっとう》しそうな目をこちらに向けた。

「おまえ、うるせ。口じゃなくて足を動かせよ」

6

夕方前の、まだ強い日差しの中をボート置き場に向かう。少し走っただけで、和彦はもう息が上がった。

「おまえ、信じらんないくらい遅ぇな。俺は先に行く。カタツムリと競走でもしてろ」

和彦を見捨てた上杉は、あっという間に道の向こうに見えなくなる。和彦はやむなく自分に可能な速度でその後を追った。

頭の中には、ボート置き場での乱闘が展開している。ひょっとして怪我人《けがにん》も出ているかもしれないと思い、背筋をゾクゾクさせながら駆《か》けつけた。

ところがボート置き場は、驚くほど静かだった。喧嘩《けんか》どころか、ほとんど人の気配がない。呆《あっ》気《け》に取られながら見まわしていて、上杉と黒滝を見つけた。二人で肩を並べ、浜辺の砂の上に腰を下ろして海を見ている。

「あ、やっと来た」

上杉がこちらを振り返る。

「超遅ぇ。カタツムリの勝ちだな」

黒滝も、肩越しに和彦に視線を投げた。

「やぁ、情報ありがとう」

和彦は、大きな息をつきながら二人の後ろに近寄り、しゃがみこむ。

「不良グループは、どこ」

二人は顔を見合わせ、くすっと笑った。

「警察」

黒滝がそう言い、上杉が空を仰ぐ。

「鉄パイプなんか持って集まってたら、凶器準備集合罪で一発だ。俺がここに着いた時には、もう誰もいなかったよ」

黒滝が肩をすくめた。

「ボートから警察に連絡したんだ。でも、どうせ対応が遅いだろうから、パトカーが来るまでの間、お相手しようと思ってたんだけどさ、意外に早かったらしくて、着岸した時にはきれいに片付いてた」

戦闘が回避できたのなら、それに越したことはない。和彦はほっとしながら、若武がいないのを不思議に思った。

「えっと若武、どこにいんの」

上杉があっさり答える。

「行方不明」

和彦は唖然《あぜん》とした。

「大変じゃないか。早く見つけないと」

黒滝が心配ないといったように微笑《ほほえ》みながら脚を投げ出し、体を後ろに倒して両腕をつっかい棒のように砂地に突いた。日に焼けた手首で、ラバーコーティングのダイバー時計《ウォッチ》が光る。

「たぶん不良と一緒に警察に引っ張られたんだろ。大丈夫、すぐ戻されるよ」

それでようやく安心した。目の前にある黒滝の、たくましい背中を見つめる。白い麻のシャツ越しに、強靱《きょうじん》な筋肉が透けて見えていた。逃げない精神は、精悍《せいかん》なその体に相応《ふさわ》しい。和彦は、それに敬意を払いたかった。

「黒滝さんは、逃げない人なんですね。すごいな」

そう言うと、黒滝は面映《おもはゆ》そうに頬をゆがめた。

「今は、ね」

上杉の目が一瞬、光る。和彦の心にも細波《さざなみ》が立った。

「今は、ってことは」

上杉が、すかさず突っこむ。

「じゃ、昔は逃げてたんですか」

黒滝は体を起こし、手の砂を払った。

「ああ、逃げてたね」

はっきりと言って海の向こうに顔を向け、まぶしそうにその目を細める。

「逃げ続けるつもりだった。自分が強ければ、力さえあれば、どこまででも逃げられる。だから力を手に入れたかった。この世で力と呼ばれるすべてがほしかったんだ。学歴、地位、金、技術、体格体力、エトセトラ、それらを掻《か》き集めて強くなろうとしていた」

聞きながら和彦は、上杉が調べてきた黒滝のプロフィルを思い浮かべた。有名大学に入ったり、ラグビーを始めたり、社長の娘と結婚したり、法律違反すれすれの荒稼ぎをしたりしたのは、そういう気持ちからだったのだ。逃げるために力を欲し、結果的に人生の階段を駆《か》け上がることになったというのは、皮肉なことだった。

「ただ逃げることしか、考えてなかったな」

海を見つめる黒滝の眼差《まなざし》は、暗く孤独だったが、その口調はさばさばとしていた。まるで他人事でも話しているかのようで、和彦は不思議に思う。この清々《すがすが》しさは、いったい何なんだろう。

「さて、私は潜《もぐ》る」

立ち上がった黒滝に、上杉が突き刺すような声を投げた。

「随分《ずいぶん》、熱心なんですね。何かを捜しているとか、ですか」

和彦は目を伏せる。鼓動が大きくなるのを感じながら、全身を耳にして黒滝の答を待った。

「いや、ここの海は久しぶりだから懐《なつ》かしくってね、楽しんでるんだ。じゃ」

ゆっくりと水辺のボートに向かい、中に乗りこむ。置かれていたダイバースーツやスクーバ・

タンクをかき分けて座りこむと、こちらに手を上げてからボートを漕《こ》ぎ出した。あっという間に離れていく。上杉がつぶやいた。

「大人の男は、カッコよく嘘《うそ》をつく。余裕ありすぎだろ」

カッコいい嘘というのは、おそらく誰も傷つけない嘘のことだろう。

「過去についての話は、きっと本当だよ。リアリティあったし」

和彦が口を挟《はさ》むと、上杉は、まいったといったような溜《た》め息をついた。

「今の黒滝が、逃げない男だってことは認めるよ。だって俺たちって、黒滝にとっては、ただの通りすがりのボーイズじゃん。俺の質問を誤魔化《ごまか》すことだって、答えないことだって充分できたのに、そうしなかった」

その声には、深く静かな感動がこもっていた。

「自分の過去からも目をそらせてないし。生きることに真剣なんだ、きっと」

和彦はうれしくなり、大きく頷《うなず》く。黒滝はおそらく、逃げていた昔の自分と決別したのだ。逃げないことを選択した瞬間が、その人生の中のどこかにあったのに違いない。だから今、それを静かに語ることができるのだ。

「だが問題は、昔だ。今逃げない男であっても、中学の夏休みから三十年間、人生をかけて逃げまくってた訳だろ。その原因は、やっぱ君江行方不明事件じゃね」

そう言われてしまうと、反論できない。

「黒滝を見張ってみようか。あいつが海から証拠品を引き上げたら、そこを襲《おそ》って取り上げるんだ」

それは、熱帯で氷の宮殿を建てようと計画するようなものだと和彦は思った。

「黒滝さんを襲って、何かを奪えるなんて考えない方がいいと思うよ。腕の太さだけだって、倍も違うだろ」

上杉は自分の腕に目を向け、しばし黙って見つめていて、やがてあきらめたようにつぶやいた。

「正確には、一・七倍くらいだ」

和彦は苦笑して立ち上がる。服についた砂を払おうとして、ふと手を止めた。胸を過《よぎ》った一つの考えに囚《とら》われる。逃げないことを選択した黒滝なら、証拠を隠すなどということもしないのではないか。

「黒滝さんが潜《もぐ》ってるのは、本当に楽しんでるだけかもしれない」

上杉が叫ぶ。

「マジかっ。頭冷やせ。相当イカれてっぞ」

それでも和彦は、その考えから逃れられなかった。それは、考えというより願いに近いものだったのかもしれない。

「だって逃げない男なら、証拠隠滅《いんめつ》もしないはずだよ」

上杉はあきれたような顔で、まじまじと和彦を見ていたが、やがてきっぱりと言った。

「過去はどうあれ、あいつは今、超カッコいい。俺、さっきまで話してたけど、すげぇ心惹《ひ》かれた。俺でもそうなんだから、小塚もそうだと思う。若武なんかドップリだし。でもそれと、あいつの犯罪とは別物だ」

和彦は、黒滝のあの眼差を思い出す。目的のためなら何でもやりそうな目、そこに人生を注《そそ》ぎこんでしまっている人間の、必死な目だった。あんな目をしている限り、ただの遊びで潜《もぐ》っているはずは、絶対にない。

「区別つけとけよ。いいな」

和彦はうつむく。降り注ぐ光をはね返す砂の明るさが、胸に痛かった。

7

夕飯の時間に近くなっても、若武は戻ってこなかった。和彦は心配になり、警察に電話してみる。昼間、ボート置き場で補導された高校生たちは全員、それぞれの自宅に引き取られたということだった。警察官は、若武についても覚えていて、こう言った。

「ああ、あのメメコイのぅか」

メメコイというのは、小さいという意味である。背の低さは、今の若武の一番のコンプレックスで、本人が聞いたら、相手が警察官だろうと本気で食ってかかりそうだった。

「ありゃ、すれこいガキらたぁ、別やったでな。すぐ帰したわ」

警察署は出たらしい。では、どこに行ったのだろう。若武が不良連中を見かけたのは、海女の家から帰る時だったのだから、ここに戻るより他に行く所はないはずだった。

机の上で、スマートフォンが鳴り始める。若武かと思い、飛びつくようにして出ると、老人の声だった。

「ああ、片桐やけどな」

詩帆子の祖父である。

「昨日の電話の件やけどなぁ、のぅは、河上、ああ黒滝と親しいんか」

和彦は、自分の荷物の上に置いたスニーカーを見る。親しいような、親しくないような、微妙な関係だった。

「もし黒滝と話ができるんやったら、伝えてくれぇへんか。まぁじき盆の中日で、君江の命日やもんでな。行方知れずんなって今年で丸三十年やよってんなぁ」

行方不明が発覚したのは、十五日だったのかと和彦は思う。死んだ先祖の霊すら戻ってくるという盂蘭盆会《うらぼんえ》の最中に、君江は一人でどこかに行ってしまったのだ。

「ここおるんやったら、家ぃでも来て、手合わせてくれたら詩帆子も喜ぶで、って俺な言うとったってゆうてくれへんか」

和彦は、すぐさま引き受けようとし、黒滝が家の前まで行きながら誰にも会わなかったことに思いをはせた。黒滝には、詩帆子や祖父母に会えない理由があるのかもしれない。

「黒滝さんと、詩帆子さんは同級生だったんですよね。仲がよかったんですか」

うれしそうな声が聞こえてきた。

「そや、よかったなんてもんとちゃうで。ようはわからんが、付きおうとったちゅう噂《うわさ》や」

和彦は、心臓が止まりそうになる。突然、目の前に浮かび上がったそれは、今まで伏流のように隠れていた関係だった。二人は親密だったのだ。

黒滝は、詩帆子を見た時、同級生だったと言った。それ以上を想像することができないようなあっさりとした言い方だったが、それはわざとだったのに違いない。自分たちの関係を隠そうとしていたのだ。

「詩帆子は別嬪《べっぴん》やったし、河上もええ男やんな。並んで歩いとると、映画のようなカップルやったわなぁ」

和彦は、自分と同世代だった詩帆子を思い描いてみる。きっと素晴らしく生き生きとしていただろう。その隣に中学生の黒滝を置いてみれば、確かに似合いだった。

黒滝はなぜ、それを隠していたのか。そう考えたその時、和彦には初めてわかった気がした。もし黒滝がこの事件に関わっているとしたら、それは詩帆子を通じてなのだ。二人一緒に関係している。だから黒滝は、自分たちの関係さえ隠せば、この事件との接点は誰にも知られずにすむと考えたのだ。

「河上は転校生や。親はサラリーマンなんやんか。この辺は漁師の子が多いもんでなぁ。河上はクラスに馴染《なじ》めへんで、いじめられとった。それを詩帆子がかぼたて仲ようなったちゅうことやわ」

あの黒滝がいじめの対象だったとは、思いもかけない話だった。読書クラブでインドア派だと上杉が言っていたが、それを考え合わせても、黒滝のいじめられている姿をイメージすることは難《むずか》しい。それほど黒滝は、自分を変えたのだった。

弱かったからこそ、強くなりたいと望んだのだろう。それが君江行方不明事件につながったのか。

「親は、この土地に馴染まへんかって近所付き合いもしとらんかった。つい五、六年前までここに住んどったんやけど、退職して、どこいらに引っ越していったったわ」

ドアが、けたたましくノックされる。若武が帰ってきたらしい。和彦は、黒滝への伝言を詩帆子の祖父に約束し、電話を切った。すぐドアに走る。

「ごめんね。電話してたんだ」

そう言いながら開けると、そこに立っていたのは上杉だった。青ざめている。

「どうかしたの」

上杉は、強張《こわば》った顔の中から二つの目を光らせた。

「俺、今度こそ全部わかった気する」

そう言いながら自分のスマートフォンを突き出した。

「見ろよ」

受け取って視線を落とせば、画面に出ていたのは今日の夕刊だった。上の方に小さく、経済新聞と書かれている。数字を愛する上杉がいかにも好きそうな新聞で、掲載されている記事は、株の動きや日銀総裁のインタビュー、それに会社関連のものばかりだった。

「その端っこ」

指で示された所に目を向ける。それは決算・人事というコーナーで、中に黒滝建設株式会社という文字があった。退任・取締役社長黒滝竜也と書かれている。日付は、明日だった。

「あいつ、明日、社長を辞《や》めるんだ」

上杉は片手を髪の中に突っこみ、苛立《いらだ》たしげに掻《か》き上げながら和彦を押しのけて部屋に入ってくる。椅子を引きずり寄せ、逆にして腰かけると、その背もたれに両腕を載せた。

「さっきの話と重ねてみると、これはつまり、自分が逃げるために集めてきた力を、捨てるってことだろ」

和彦は、黒滝のスニーカーに目をやる。初めて出会った日、黒滝は、腕時計に興味を示した上杉に、あっさりそれを与えようとした。和彦にはこのスニーカーをくれ、そして明日には、社長の地位からも退《しりぞ》くのだ。

「今まで獲得してきたものを捨てるのは、何のためだ。それは、自分のこれまでの人生を清算するって意思表示じゃないか」

和彦は、黒滝から漂い出ていた清々《すがすが》しさを思う。あれは、この世への執着を捨てた人間の爽《さわ》やかさだったのかもしれない。

「あんなに熱心に潜《もぐ》ってるんだ。事件の証拠を海から上げようとしているのは間違いない。俺は今まで、その目的は隠滅《いんめつ》のためだと思ってきた。だが社長辞任ってとこから考えると、違う面が見えてくる。黒滝は」

そう言いながら上杉は顔を上げ、真っすぐに和彦の目を見た。

「証拠を警察に持ちこんで、自首しようとしてるんじゃないか。今まで手に入れてきた物を手放すことで男としてのけじめを付け、自首することで、逃げてきた過去にピリオドを打とうとしてんだ。そう考えれば、すべての辻褄《つじつま》が合うだろ」

上杉は絶句し、自分の両腕の上に顔を伏せた。和彦も言葉がない。多くを手に入れ、社会的に成功した今、何の証拠もない過去の犯罪から逃げる方法は、いくらでもあっただろう。だが敢《あ》えてそれを選ばず、自分を裁く決断をしたのだ。壮絶な選択というしかなかった。

「カッコいいよなぁ」

上杉が顔を上げ、浮かされたようにつぶやく。

「たとえ薬物依存症であったとしても、精神性の高さが半端じゃない。俺、マジ惚《ほ》れた」

和彦は同意し、その先を考える。過酷な道を歩こうとしている黒滝に、手を貸したかった。

「ねぇ、黒滝さんを手伝って一緒に海を捜そうよ」

上杉は、虚を突かれたような表情になる。

「おまえ、何言ってんの。それが出てきたら、あいつ、おそらく自首すんだぜ。三十年前の罪がどう裁かれるかはともかく、新聞でもネットでも相当騒がれるはずだ。そんなことに手を貸すのか。それって、自殺しかけてる人間の首をしっかり絞《し》めるようなもんじゃないか。どうせやるんならここは、あいつより先に証拠を見つけて、こっそり処分しちまうってのが男の道だ」

和彦は、ちょっと笑う。数字でできているような上杉の口から、男の道などという言葉が出てきたのがおかしかった。

「でも黒滝さんは、自分の手にそれを摑《つか》むまで潜《もぐ》ると思うよ。僕たちが処分したって言っても、きっと納得しない。死ぬまで捜し続けるよ」

あれは、確かにそういう目だった。

「それよりはっきりと決着をつけた方がいい。早く証拠を見つければ、早くピリオドが打てる。そうすればその後のスタートも、きっと早くできると思うんだ。マスコミやネットで叩《たた》かれることより、自分が選んだ道を進めないことの方が苦しいはずだよ。僕はやる。もう決めた。反対しても、やるからね」

上杉は和彦を見つめたまま、信じられないといった表情だった。

「小塚、なんでそんなに熱いんだ」

それはやっぱり、黒滝を好きだからだろう。その心意気はもちろん、外見にも、生き方にも魅了されていた。少しでも力になりたい。

「黒滝さんと詩帆子さんは昔、付き合ってたらしいんだ」

この事件に詩帆子も関わっていると考えるのは、気の重いことだった。だが、このまま現状を維持していてもどうしようもない。真実を明らかにすれば、詩帆子にとっても新しい道が開けるに違いなかった。

「黒滝さんは、それを隠そうとしてた。おそらくそれが、この事件に関係しているからだ」

上杉はしばし考えこんでいたが、やがて大きく頷《うなず》いた。

「よし、黒滝の証拠捜しに協力しよう。犯罪の証拠を海から上げて、何もかもはっきりさせようじゃないか。この事件を終わらせるんだ。黒滝が新しいスタートラインに立てるようにな」

そう言いながら神妙な顔つきになり、声をひそめた。

「で、さ、俺たちが協力して捜すことになる三十年前の犯罪の証拠って、具体的に何」

和彦は、君江が行方不明になり、三十年経《た》っても見つかっていないこと、詩帆子が心的外傷後ストレス障害に陥っていることを考えた。衝撃を受けるような何らかの出来事に直接、関係したか、あるいはそれを目撃したのだ。それらを合わせ、黒滝が海から捜し出そうとしているものを予想する。

「たぶん君江の死体だと思う」

上杉は身震いし、背筋を縮めた。

「おまえ、潜《もぐ》れるのか」

和彦は首を横に振る。ダイビングどころか、泳ぎもままならなかった。

「じゃ俺に、それ、やらせる気だな」

イセエビにすら触《さわ》りたくない上杉だから、死体は無理かもしれない。だが死後三十年も経っていれば、原形は留《とど》めていないだろう。上杉が苦手とする生き物でもなかった。

「大丈夫だよ、残ってるのは、きれいな骨だけだから」

上杉は、とっさに後ろに飛び下がる。それが自分の足元に出現でもしたかのように目を見開き、息を荒くしてこちらをにらんだ。

「きれいな骨とか、普通《フツー》に言うな。人骨だぞ。いくらきれいでも俺は嫌だ。触《さわ》りたくねー。そういう無神経なことは、若武の得意分野だ。きれいな骨の好きそうな、おまえでもいいが」

最後の言葉に棘《とげ》があった。自分たちの間の空気が冷えていくのを感じ、和彦はあせる。イセエビも人骨も平気な和彦だが、海に潜《もぐ》った経験はない。上杉はダイビングをこなすが、イセエビには触れないし人骨も無理なのだった。ここはお互いができないことについては追求せず、できる範囲で役割を分担するのが平和的だろう。

「じゃ上杉は、若武と一緒に潜って捜す。もし発見したら、引き上げは若武に頼む。僕は、当時の海流を調べて、それが沈んでいると思われる位置を絞《しぼ》りこむ。ってことで、どう」

上杉は、ポケットから自分のスマートフォンを出した。

「よし、黒滝に電話しよう。さっき番号聞いといたから」

和彦は、詩帆子の祖父から伝言を頼まれていたことを思い出す。

「あ、僕かけるよ。伝えなくちゃいけないことがあったんだ」

何度かかけなければ通じないかと覚悟していたが、黒滝はワンコールで出た。

「ああ、今、ちょうど上がってきたとこだよ。タンク替えてまたすぐ潜るけど、何か用かい」

黒滝の声は、いつも快活で力がある。暗い目とは対照的だった。

「あの、詩帆子さんの家から電話で、このお盆は君江さんの三十回忌だから、黒滝さんが滞在中ならぜひ来てほしいと伝えてくれって言われました」

　スマートフォンをスピーカーフォンにしながら、耳を澄ませて返事を待つ。やがて静かな声が聞こえた。

「悪いが、行けないと言っておいてくれ。いつか必ず行くが、それは今じゃない」

　覚悟を固めた男の強い意志が、芯にこもった声だった。

「今は、行けないんだ」

　和彦は、恐る恐る聞いてみる。

「それは、捜しているものがまだ見つからないからですか」

　電話の向こうで息を呑《の》む気配がした。切られそうな雰囲気を感じ、あわてて叫ぶ。

「邪魔はしません。手伝いたいんです。僕らを使ってください。人数が多い方が見つかる可能性が高いと思います」

　脇から上杉が手を伸ばし、スマートフォンを引ったくって自分の方に向けた。

「上杉です。僕からもお願いします。今、若武はここにはいませんが、きっとあいつも手伝いたいと言うと思います。あなたに心酔してるし」

　黒滝は、かすかな笑い声を立てる。

「それはどうも。申し訳ないが、私は敬意に値する男じゃない。だいたい君たちは、私が何を捜しているのか知ってて言ってるのか」

上杉がスマートフォンを和彦に突き出す。返事は任《まか》せたといったように顎《あご》でうながした。和彦は、どう言ったものかと考える。ここで黒滝に断られないためには、こちらが何も知らない訳ではないということを知らせておいた方がいいだろう。そうでないと、子供の遊びには付き合えないと一蹴《いっしゅう》される恐れがある。和彦は、上杉の顔色をうかがった。上杉がささやく。

「いけ」

その声に背中を押され、思い切って踏みこんだ。

「君江さんの遺体、ですか」

動揺が伝わってくる。和彦は息を凝《こ》らした。黒滝はどう出るのか。緊張を強めながら待っていると、溜《た》め息が聞こえた。

「まいったね。君たちにとって、私は殺人犯か。そんなことができるほどの度胸《どきょう》はないよ。何しろ三十年間も逃げ続けてきた男だからな」

そう言って黙りこみ、やがて再び息をついた。

「いいだろう。君たちの力をお借りしよう」

上杉が目を輝かせる。和彦も胸が躍《おど》った。

「で、黒滝さんは、いったい何を捜してるんですか」

尋《たず》ねた和彦の耳に、思いもかけない答が流れこむ。

「青い真珠だ」

唖然《あぜん》とした。今ここで、こんな形でそれが出てこようとは思いもせず、上杉と顔を見合わせる。二人で構築してきた事件のストーリーは、あっさり引っくり返されたのだった。

「説明しよう。一時間後にホテルまで来てくれ。私も、これから一旦《いったん》帰る」

第3章　魂は戻るか

1

スマートフォンで道順を検索し、上杉と一緒に研究所を出る。敷地の脇にある坂道をホテルに向かって歩いた。あたりはもう暗くなり始めている。詩帆子の家に通じる道を右手に見ながら通りすぎ、坂を上り切ると、幅の広い真っすぐな道路に出た。フェニックスとシュロを交互に植えた中央分離帯の両脇にアーク灯が立ち並び、交通量も多い。

「だけど、よかったよ」

歩きながら上杉が両腕を上げ、指を組んで後頭部に押し当てた。

「黒滝の捜してるのが遺体じゃなくてさ。それはイコール、黒滝が犯罪者じゃなかったってことだもんな」

ほっとしたのは、和彦も同じだった。死体だとばかり思い、真剣に話し合ったことが何だかおかしい。

「だけどさ、青い真珠って君江が持ってたんだろ。これまでの話じゃ盗まれたことになってたはずだ。それが海の中にあって、しかも黒滝が捜してるって、どうよ。なんか依然《いぜん》として疑惑の雲が晴れないって感じじゃね」

和彦は考えこんだものの、自信を持って言い切れるようなことは何一つ思いつかなかった。

「わかんないけど、君江の行方不明と青い真珠の紛失は、別々だったのかもしれないね。それぞれに犯人がいるとかさ」

上杉は、それもアリだといったように何度も頷《うなず》く。

「これから黒滝さんの話を聞けば、何もかもはっきりするよ、きっと」

そう言いながら和彦は、自分たちが直面した問題に思いをはせた。広い海の中からたった一粒の真珠を探し出す。海流を調べ、それが沈んでいると思われる位置を絞《しぼ》りこむことは確かに理論上では可能だったが、いったい実際にできるのだろうか。

歩くにつれて車の数は増えていき、道の両側にも店舗が多くなった。もうすっかり夜になっていたが、店頭からの明かりや華やかなネオンがあたりにあふれ、闇は明るい。

やがて進行方向に駅ビルが見える。そこから二つほど手前の信号の付近に、壁が真珠色をした大きな建物があり、金文字でパールホテルと書かれていた。ベルボーイの行き来する広い玄関を入ってから黒滝のスマートフォンに電話し、部屋番号を聞く。

「最上階の、廊下の突き当たりだ」

エレベーターで一番上のフロアまで上がった。灰色に赤を散らし、金で縁どりをした美しい絨《じゅう》毯《たん》を踏んで突き当たりまで歩く。ドアフォンを押すと、白いバスローブを引っかけた黒滝が姿を見せた。肩にかけた白いタオルで、日に焼けた首筋の水滴を拭《ぬぐ》いながらこちらを見る。

「もう一人は、どうした」

和彦たちが出発する時、若武はまだ帰っていなかった。スマートフォンは、電源が切られたままである。時間に間に合わなくなると思い、部屋にメモを残して出てきたのだった。

「まだ帰ってこないんです」

和彦の答に、上杉が忌々《いまいま》しそうな声を重ねる。

「たぶん、どっかで何かに引っかかってんですよ、お調子者だから」

部屋は角部屋で、海に面して大きな窓がいくつも取ってあった。窓に向かい合うようにソファが置かれ、その中の一つの背もたれに、バティックのシャツが放り出されている。目に染みるほど鮮《あざ》やかな青紫の地に、明るい水色と濃いインディゴブルーで花模様が染めつけてあった。きっとこれから着るのだろう。ジャワ産の華やかなシャツは、黒滝のたくましい体を美しく彩《いろど》るに違いない。

「何か、飲もう。食ってもいいぞ」

黒滝は、サイドボードの上からメニューを摑《つか》み上げ、フリスビーでも投げるようにこちらに放る。回りながら飛んできたメニューは、和彦の胸の中央に当たり、出した両手の中にぴたりと収まった。上杉が脇からそれを取り上げ、さっと目を通して再び和彦に押しつける。

「俺、ジンジャーエール」

メニューを開きながら和彦も、それがベストの選択だと感じた。

「僕も」

本当は、メニューの最後に写真入りで載っている山盛りのフラッペを食べたい。だが黒滝が一緒となると、そんな子供っぽい物は注文できなかった。ガキだと思われたくない。大人は、こういう時に何かを食べたりはせず、飲み物だけで会話をするのだ。

しかしジュースでは幼すぎる。ペリエやゲロルシュタイナー、あるいはミネラルウォーターでは味がなくてつまらない。コーヒーや紅茶となると落ち着き過ぎているし、もちろんアルコールは飲めない。中学生男子にとってジンジャーエールは、そこそこ大人っぽく、カッコのつく唯一の飲み物だった。

黒滝は、きっとビールを飲むだろう。いや、ウィスキーかブランデーをロックにするかもしれない。葉巻も似合いそうだ。それこそ大人の男だった。自分も早くそうなりたいと思いながら和彦は、部屋の電話を取り上げて注文する黒滝を見つめる。

「ジンジャーエール三つと、フラッペ三つね」

噴き出しそうになる和彦の前で、黒滝は電話を切り、音のしそうな大きなウィンクをこちらに投げた。

「私は、甘党だ」

そう言ってから和彦と上杉にソファを勧める。自分は低いテーブルを回り、その向こう側に置かれていた籐《とう》の椅子に腰を下ろした。

「さてと、どこから話そうか」

開いた両脚の上に肘《ひじ》を突き、前かがみになって十本の指を組み合わせる。

「中学の時、私は、クラスで孤立していたんだ」

聞いた瞬間に、和彦はもう胸が痛くなった。それは、まさに自分の問題だった。

「当時のクラスのボスは、亀田光喜《こうき》、今の漁業組合長だよ」

威圧感のある大きな目と、髭《ひげ》の濃い顔が脳裏に浮かぶ。中学時代はおそらくガキ大将で、かなりの暴れん坊だったのだろう。

「クラスだけでなく学年を支配下に置いて大きなグループを作り、いつも仲間を引き連れて歩いていた。私はそれに憧《あこが》れて、グループに入りたいと思っていたんだ。彼らは強引で大胆で無鉄砲で、その無軌道なところさえも、私にはカッコよく見えた。大人の言う通りにしか振る舞えない自分、軟弱な自分が嫌いだったんだ」

上杉が素早く口を開く。

「わかります」

和彦も、思いは同じだった。

「亀田は、私を仲間に入れてくれた。その目的は、いじめの標的にするためだった。だが私はその中で揉《も》まれることで、自分が強くなれるような気がしていた。軟弱な自分なんか、思いっきりいじめられて滅びてしまえばいいと考えていたしね」

その自己否定の強さは、和彦にとって他人事ではない。今のクラスで、和彦も周りの価値観に引きずられ、それに合わない自分には価値がないと感じていた。合わせようとして自分を追いこんでいたのだった。

「同じクラスだった詩帆子が庇《かば》ってくれたが、そのせいで噂《うわさ》が立ち、亀田たちの中で浮き上がってしまって困惑した。詩帆子のことは嫌いじゃなかったが、踏みこんでこられるのは迷惑だった」

詩帆子の祖父の話とは、若干ニュアンスが違っている。

「詩帆子さんと付き合っていたんじゃなかったんですか」

和彦が聞くと、黒滝は半眼に伏せていた目を上げた。その先で和彦をとらえ、ちょっと笑う。

「詩帆子から申しこまれたことがあるが、オーケイしなかった。当時の私は、亀田のグループの中でうまくやっていくことに必死だったんだ。仲間の中に自分の居場所を見つけること、仲間に自分を認めさせること、それがすべてだった。詩帆子は、まるで母親みたいに、それに反対していた。あんな不良と付き合うのよしなよって、よく言ってたよ。私は、それを無視していた。男の気持ちは、女にはわからないと思っていたんだ。そして、あの日がやってきた」

ドアがノックされ、ルームサービスの係員が現れる。押しているワゴンには、注文した品々が載り、白いバチストのナプキンと、よく磨いた銀のカトラリーが添えられていた。蓋《ふた》をかぶせたジンジャーエールのコップは、丸い氷を浮かべたグラスクーラーの中に入っている。

「どちらにセットいたしましょうか」

黒滝が立ち上がりながら自分の前にあった低いテーブルを指し、和彦たちに退《ど》くように合図した。和彦も上杉も、あわてて立つ。係員はテーブルを動かし、そこにワゴンを移動させてストッパーで固定すると、天板の下に畳《たた》みこまれていた翼部分を次々と引き出した。長方形だったワゴンが、あっという間に丸い食卓に変身するのを、和彦も上杉も目を見張って見つめる。

作業を終え、テーブルクロスにできた皺《しわ》を伸ばした係員は、ニッコリ笑ってワゴンの下のポケットから伝票を出し、黒滝のサインを求めた。丁寧《ていねい》に礼を言って退室する。全部合わせて、五分とかからない早業だった。上杉が感嘆の声をもらす。

「カッケぇ、プロの技だ」

黒滝が眉を上げげた。

「ここに就職したらどうだ」

上杉は、雪のようにふんわりとしているフラッペを見つめる。これを食べられるのは客だけだと考えたようで、あっさり首を横に振った。

「いや、俺、客でいいっす」

黒滝が笑いながら自分の椅子に腰を下ろす。

「じゃ食いながら話そう。どうぞ」

和彦と上杉も、さっきの位置に座り直した。

「あの日の夕方、詩帆子から電話があって、見せたい物があるから家まで来てくれと言われた。私は、亀田たちと会う約束をしていたから断った。だが、どうしてもと言うんだ。今日は誕生日だし、ほんの少しの時間でいいから家まで来てほしい、今日来てくれれば、これからはもう余計《よけい》な干渉はしないと約束すると言われて、私は出かけた。亀田たちとは岬の上の神社で会うことになっていて、詩帆子の家のすぐそばだったから、遅れることもないはずだった。私が詩帆子の家まで行くと、玄関前に詩帆子が立っていた。母に客が来ているから、公園で話そうと言われたんだ」

和彦は、息を呑《の》んで尋ねる。

「その客の名前、聞きましたか」

黒滝は、軽く頷《うなず》いた。

「市役所開発課の高田だ。リゾート開発計画の話で、急にやってきたらしい」

和彦は、上杉と視線を交わす。君江の行方不明が発覚した前夜、高田が家を訪ねてきているとなると、これまでの予想は裏打ちされたも同然だった。

「公園まで行って詩帆子は、ポケットから真珠を出した。青い真珠だった。このあたりの海は天然真珠の宝庫だ。私も多くを見てきたが、かつて目にしたことがないほどきれいなものだった。母親が誕生祝いにくれたらしい。それを私に握らせて、こう言った。真珠には邪悪を吸いこむ力があるっていうから、竜ちゃんのグレかかってる心もきっと吸い取ってくれるねって。詩帆子は、心配していたんだと思う。だが私の心には響かなかった。鬱陶《うっとう》しく思うばかりでね。あるだろ、そういうことって」

和彦は、岬への道で上杉から打ち明けられた話を思い出す。そっと上杉に視線を向けると、深く同調している様子だった。

「私は話を切り上げて、詩帆子と別れようとした。ところがそこに亀田たちがやって来たんだ。どうもどこかで私を見かけて、跡をつけてきたらしい。亀田は激怒していた。私が亀田と会う約束をしていながら、女と会っていたのはふざけすぎだというんだ。私は、これから行くところだったと言い訳したが、亀田は聞かなかった。頭に血が上ると何をするかわからない奴だから、私はまずいと思った。とにかく詩帆子をこの場から逃がすことが最優先だと考えて、そのために亀田を宥《なだ》めようとした。亀田は、土下座《どげざ》をすれば許すと言った。私は、それをオーケイした。ところが詩帆子が、謝《あやま》る必要なんてない、亀田君の方が悪いって言い出したものだから、収拾がつかなくなったんだ。亀田は憤《いきどお》り、私にこう言った。河上、おまえ、どっちを取るんだ、俺たち仲間か、詩帆子かって」

上杉が、シャリッと氷を嚙《か》みつぶす。和彦もスプーンを止めた。

「仲間より女を取るというのは、男として言いにくいことだった。そういう選択は、男らしくないとも思った。それで仲間を取ると答えるしかなかったんだ」

上杉が、ぽつりと漏《も》らす。

「わかります」

和彦も、同じ立場だったら、そう答えるしかないだろうと思った。

「亀田は、証拠を見せろと言った。私が持っていた詩帆子の真珠を、今ここで海に捨てたら信じてやると、それだけの勇気を見せるなら、これからは本当の仲間にしてやってもいいと言ったんだ。私は迷った。これを捨てたら詩帆子がかわいそうだと思ったが、同時に、そんなふうに同情する自分の弱さが嫌《いや》だった。軟弱な考え方を捨てたかったし、勇気がないと思われたくなかった。それで真珠を海に投げこんだんだ。詩帆子は絶叫したよ」

和彦は、その様子を想像した。あの岬の夕暮れ時、赤くなった太陽と黄金に染まる海、輝く弧を描いて飛んでいったに違いない青い真珠、響き渡る詩帆子の絶望の声。それらは美しくも、痛ましい光景だった。

その叫びには、きっと詩帆子の思いのすべてがこもっていただろう。黒滝への恋心や、それを受け入れてもらえなかった切なさ、真珠を失う悲しみ、母への申し訳なさ、自分に振りかかったこの運命への抵抗や拒絶、それらが渾然一体《こんぜんいったい》となった血を吐くようなひと声だったのに違いない。

「詩帆子は、家に向かって駆《か》けていった。きっと潜《もぐ》る用意をしてきて真珠を捜すつもりだったんだろう。謝って手伝いたかったが、許してもらえるはずがないとわかっていた」

黒滝は大きな息をつき、伏せていた目を上げる。

「亀田は大満足だった。私に向かって、おまえは勇気があるとほめ、それ以降は仲間として扱うようになった。私は、自分が弱さを捨てて男になったという気がしていた。それでいいと思っていたんだ。だが浜辺や岬で詩帆子に出くわすたびに、落ち着かなかった。詩帆子があなったのは自分のせいだと感じて、その姿を見ることに耐えられなかったし、それを無視できない自分の弱さに我慢できなかった。それで逃げたんだ。ここを離れて二度と戻ってこないつもりでいた。自分の記憶から完全に逃げるためには、いろいろな力が必要だった。私は、もっと強くなりたいと思った。そもそも強かったら真珠を捨てなくてすんだんだし、詩帆子を悲しませることもなかった。亀田の出した選択自体を拒否することだってできたんだ。強くなりたい。そう考えて、我武者羅《がむしゃら》に力を求め続けた。逃げるためにだ。この話は、したよな」

和彦は頷《うなず》く。あれは、こういうふうにつながる話だったのだと思うと、感慨深かった。

「そのまま東京に居ついたんだが、五年前、亀田から突然、電話があって、漁業組合に金を融資してくれと言われた。真珠を海に捨て、一人の女の人生を狂わせた話は、有名な上場企業の社長のスキャンダルとしては充分だろうと脅《おど》してきたんだ。私は融資を約束した。面倒を避《さ》けたかったからだ。金ですむことなら出そうと思った。地元の信用金庫との話し合いやら何やらで、ここに来ない訳にはいかなくなって、二十五年ぶりに帰り、詩帆子を見かけた。まったく昔のままで歩いている姿がショックで、また逃げた。もう何があっても二度とこの地には足を踏み入れまいと思っていた。そうすれば、逃げ切れるはずだった。ところが、だ」

そこで一旦《いったん》、言葉を切り、黒滝は自嘲的な笑みを浮かべた。

「見事に眠れなくなった。眠っていても何度も目が覚める。過覚醒型不眠というらしい。急に詩帆子の顔や、その叫びが目の前に現れるフラッシュバックや、車の運転中に突然、自分がどこにいるのかわからなくなる解離性障害も出た。そのせいで事故も起こしたよ。この病名は」

上杉が、射止めるような声を上げる。

「PTSD、しかも晩発性」

黒滝はおどけて人差し指を立て、その先で上杉を指した。

「正解。脳の奥にしまわれていた精神的外傷が年月を経て、何らかのきっかけで噴き出すんだ。私の場合は、妻の死だった。葬儀が終わり、一人になったとたんに発病した」

和彦は、胸を突かれる。真珠を投げ捨てたことは、詩帆子を傷つけると同時に、黒滝自身の心にも大きな傷を刻みこんだのだ。黒滝は、それを意識しなかったが、本能的にそこから逃げようとした。力を身につけ新しい人生を作り出すことで、自分を脅《おびや》かす過去の傷を切り捨てようとしたのだ。だが黒滝の心は、それを許さなかった。

「つまり逃げ切れなかったってことさ。情けないだろ」

黒滝の目は、暗澹《あんたん》としている。凄《すさ》まじい暗さに支配されたそれは、かつて一度、和彦に向けられたことのある眼差《まなざし》だった。その時は、必死な猛々《たけだけ》しさと罪悪感しか感じ取ることができなかった。だが今は、自分の敗北を見すえている男の目なのだとわかる。獣のように獰猛《どうもう》で直向《ひたむ》きな情熱が、その直視を支えていた。

「情けなくなんかないです」

上杉の、切り返すような声が響く。

「それは、すごく強いことだと思いますから」

黒滝は一瞬、動きを止め、上杉を見た。

「逃げようとしたのが黒滝さんなら、それを逃がさなかったのも黒滝さんです。そして、あるべき所に引き戻した。黒滝さんは、どれほど辛《つら》くても、それを自分に突きつけ続けることを忘れない強さを持っていたんです」

黒滝に向かう言葉が反転し、和彦に振りかかる。自分に足りなかったのはその強さだったのだと、今はっきりとわかった気がした。休学を望んだのは、すべてをないことにしたかったからだ。自分が浮いていること自体を直視したくなかったのだ。

「体を病気にしてまでも黒滝さんを逃がさなかったのは、たぶん心の中に存在する超自我です。それは黒滝さんの魂の力といえる。偉大な力を持っている自分の心を、黒滝さんは誇ってもいいと思います」

2

黒滝は目を伏せ、黙りこむ。自分の視線を己《おのれ》の精神に向け、そこにいる過去の自分自身を見つめている様子だった。やがて静かな笑みを浮かべる。

「真珠を投げたのは、私の過《あやま》ちだ。前にも言ったが、あの時、私は弱さを捨てようとして、優しさを投げ捨てたんだ。それ以降ずっと同じ道を走り続けてきた。ここに戻ったのは、あの真珠を見つけて詩帆子に返すためだ。謝罪したい。見つかるまで捜すつもりで、仕事も身辺も、すべて整理してきた」

黒滝は、優しさを捨ててから自分が築いてきたものを全部、擲《なげう》つ覚悟なのだ、ただ謝るために。なんという勇気だろう。その決断はなんと美しいのだろう。圧倒されながら和彦は、その強さに憧《あこが》れた。

「詩帆子の今後の生活も、見てやりたいと思っている。本人がそうさせてくれればの話だが」

祖父母は、詩帆子の将来を心配していた。きっと安心するだろう。

「僕たち、手伝います」

黒滝に手を貸すことは、詩帆子の幸せにつながる。二人を助ける方法を発見できて、うれしかった。海がどれほど広くても、そこに沈んでいる一粒を必ず見つけ出すのだと覚悟を固める。

「詩帆子さんがああなったのは」

　上杉が慎重に口を切った。

「黒滝さんに真珠を捨てられたせいばかりじゃないと思います」

　先ほど見事に黒滝の心に踏みこみ、それをサポートした上杉は、今度は黒滝の責任を分散させようとしていた。

「同じ夜から翌日の午前中にかけて、母親が行方不明になっている。それに関して何か見たり、聞いたりしてショックを受けた可能性があります」

　上杉は、黒滝が好きなのだ。二人で協力すれば、きっと黒滝の力になれるに違いないと和彦は思った。

「当日、詩帆子さんが岬から走り去った後の、はっきりしたことがわかりますか」

　黒滝はもどかしげな表情で、当時の記憶を呼び覚まそうとする。

「あの後、私は亀田たちと一緒に神社に向かった。いつも通りに真夜中までそこで過ごして、自宅に帰ったんだ。詩帆子とは接触していない。たぶん家で潜《もぐ》る用意をして海に行ったんだろうと思うが、はっきりしたことはわからないな。私が聞いた話では、朝になって県道を通りかかった人間が、そこに座りこんでいる詩帆子を発見したということだ。裸で、話もできない状態だったらしい」

　なぜ裸だったのだろう。和彦は、ジンジャーエールのストローを噛《か》みながら詩帆子の祖父から聞いた話を思い返す。家には詩帆子のウェットスーツがなく、翌日、浜辺で見つかったと言っていた。

「警察がすぐ保護し、母親の君江さんに連絡しようとしたが、海女は、海で漁をしている時間だった。君江さんがその日、潜《もぐ》っていなかったことがわかったのは、海女たちが仕事を終えて海女小屋に集まってからだ」

和彦は、上杉に目を向ける。

「詩帆子さんのウェットスーツは、翌日に浜辺で発見されたみたいだよ。あのさ、こういうこと考えられるかな。詩帆子さんは真珠を捜すために、ウェットスーツを着て海に入ろうとした。その時か、あるいは真珠を捜している最中に、何かを見てショックを受け、あわてて誰かに連絡しようとした。一番近くの知り合いの家とか、あるいは警察とか。その途中で、重くなったウェットスーツを夢中で脱ぎ棄《す》てた。ところがダメージが大きすぎて、目的の場所に行きつくまで精神状態が持たなかった。ウェットスーツの方は波にさらわれ、翌日になってまた浜辺に打ち上げられた」

上杉は手にしていたスプーンをフラッペの中に突っこみ、体を傾けてズボンの後ろポケットからスマートフォンを出した。住宅地図を広げ、拡大して黒滝に見せる。

「これが岬、これが県道ですよね。詩帆子さんが発見されたのは、どのあたりですか」

黒滝は、県道にそってきれいな指を滑《すべ》らせていき、やがて桜井米店と書かれた家の上で止める。

「確か、米屋の前だと聞いた」

そばには、浜辺から県道に上がる小道がついていた。その県道を進んだすぐ右手に、駐在所があるのだった。

「小塚、ピンポン」

そう言って上杉は再びスプーンを取り上げ、山のように氷をすくって口に入れながら黒滝を見た。

「これまでの僕たちの調べによれば、君江さんの行方不明には、この土地のリゾート開発計画が絡《から》んでいます。主犯は、当時の新漁業組合長だった亀田光一。実行犯は、市役所開発課の高田。二人で開発計画の邪魔になる君江さんを排除したことは、百%《パー》確実だと思いますが、今のところ証拠がありません」

その光一の息子が、今の亀田組合長だった。当時、中三だった彼が、父親の行動を知っていたとしても不思議ではない。陽香の話によれば、亀田組合長は、詩帆子を入院させようとして祖父母にしつこく働きかけているということだった。何かを知っている詩帆子を恐れ、隔離しようとしているのかもしれない。

「君たちは、驚異的ボーイズだな」

黒滝は、感嘆の色も露《あらわ》に首を横に振る。

「論理的で冷静、分析力にも優れている。もう一人もそうなのか」

上杉が鼻で笑った。

「あいつの頭の中は、九割が自己顕示欲、残りは妄想です」

フラッペを掻《か》きこみ、口を拭ったナプキンをテーブルに置いて立ち上がる。

「今日はもう遅い。帰ります。研究所に居《い》候《そうろう》の身なので、品行方正にしていないと」

和彦は、その時初めてそれに気がついた。あわててジンジャーエールを飲み干し、腰を上げる。

「明日、早朝から潜《もぐ》りましょう。四時でどうです」

上杉の提案に、黒滝は、まいったといったような苦笑を浮かべた。

「若い奴《やつ》は、元気がいいな。オッケ。ボート置き場に四時だ。君のダイビング道具は、ホテルで借りておく。サイズはいくつだ」

答える上杉を見ながら和彦は、自分だけ遊んでいる訳にはいかないと思った。

「僕は、真珠の沈んでいそうな場所を特定してみるよ」

湾内の水流がどうなっているかを調べれば、投げこまれた真珠が沈んだおよその位置がわかる。それでかなり発見しやすくなるはずだった。

「突きとめられたら、メールで連絡する」

そう言ってから、先ほど中断していた上杉の話を思い出した。湾内の水流を調べるとなれば、研究所から資料を借りねばならない。その研究所は予算削減か、閉鎖の危機にあるのだった。背後の事情を、詳《くわ》しく聞いておいた方がいい。

「さっき途中だった話、教えといて。三十年前のリゾート開発計画の失敗についてだよ」

上杉は、かすかに目を細める。

「三十年前のリゾート開発計画が躓《つまず》いたのは、ハマチ養殖が原因らしい」

黒滝が両腕をテーブルに載せ、興味深そうに身を乗り出した。

「リゾート開発を請け負った会社は、まずハマチの養殖場を造った。養殖って仕事は、スタートしてから収入を得るまでに二年くらいかかるものらしい。その間に問題が発生したんだ。会社から養殖を任された業者が、手っ取り早く多くの利益を得ようとした。ハマチの伝染病を防ぐために、イケスに高濃度の抗生物質を投与し、養殖ネットに抗菌物質を塗布したんだ」

目を覆《おお》いたくなるようなやり方だと和彦は思った。この世の生物は、すべて連鎖して生きている。抗生物質や抗菌物質は、まるで火炎放射器のように多くの菌を死滅させてしまい、食物連鎖を崩して生態系に影響を与えかねなかった。

「ハマチを早く成長させるため、内緒でホルモン剤も使っていた。それが発覚することは、絶対にないはずだったんだ。ところが翌年、大型台風が来襲し、それらの薬剤の溶けこんだイケスが下流の牡蠣《かき》の養殖場に流れこんで大きな被害を出した。海の汚染として訴えられて、ハマチの養殖業者だけでなく開発会社も株が暴落、銀行から融資を引き上げられて倒産したんだ。当然、養殖場は閉鎖。同時に進んでいたホテルの建設も、海の汚染のために他の開発業者が手を出さず、中断を余儀《よぎ》なくされた。結果としてリゾート開発計画は挫折《ざせつ》したんだ」

和彦は、身じろぎもせずに聞いていた。生態系を軽んじた計画は、恐ろしい負のスパイラルにはまりこんだのだった。

「あれは、すごい騒ぎだったみたいだよ」

黒滝がテーブルに突いていた肘を上げ、体を元に戻しながら大きな息をつく。

「私はもう東京にいたんだが、全国紙で大きく取り上げられていたし、両親や伯父も、寄ると触るとその話をしていた」

上杉が、繊細な感じのする眉根を寄せる。

「無謀なハマチ養殖に対して、なぜ新漁業組合は介入《かいにゅう》しなかったんですか。海を知る漁師たちで作っている組合なのに、どうして利益優先のやり方を許したんでしょう」

黒滝は首を傾《かし》げる。既に東京に出ていたこともあり、また自分の家庭が漁業に関係していなかったこともあって、詳《くわ》しくないようだった。代わりに和彦が、陽香の話を思い出しながら答える。

「新漁業組合が動かなかったとしたら、それは組合長の亀田光一の意志によるものだよ。光一はハマチ養殖業者と同じで、利益優先だったんだ、きっと」

黒滝が、その目に慎重な光をまたたかせた。

「当時の噂《うわさ》だが、新漁業組合が発足する前、この地区の漁業組合長だった亀田光一は、漁業の機械化を推《お》し進めていたと聞いたことがある。しかしうまくいかず、組合は多額の負債を抱えていたらしい。光一は、それらを一気に挽回《ばんかい》、逆転する手段として、リゾート開発計画を考え出したというのが、もっぱらの風説だった。そうなれば前段階として漁業権の一本化が行われる。このあたりの組合を統合すれば、この地区の赤字はその中に埋もれ、薄まってしまうからね」

そうだったのかと和彦は思う。もしその噂が本当ならば、光一は何が何でもリゾート開発計画を推し進めなければならなかっただろう。それに反対し続ける君江への憎悪は日々強く、激しくなっていったに違いない。

「ところが計画は、発足後一年足らずで破綻《はたん》してしまった。今の海洋研究所は、その反省をこめて新漁業組合が創設したと聞いているが」

上杉が頷《うなず》いた。

「そのようです。でも漁業組合の経営が苦しくて、予算削減か、閉鎖を迫られているみたいですよ」

黒滝の顔が曇る。

「鈴木所長は、そんなことは時代を逆行させるものだと激怒しています。父親が創ったものを、息子のあなたが潰《つぶ》すのかって。でも亀田組合長の方は、いくら立派な理念を掲げても、金銭事情が許さなければしかたがない、無《な》い袖《そで》は振れないの一点張りでした」

和彦は、鈴木所長の困惑を思う。同時に、海という自然を相手に商売をすることの難《むずか》しさに気持ちが沈んだ。自然には自然の法則があるが、商売には商売の法則がある。双方を同時に生かすことは容易《ようい》ではないのだろう。

「今月中に組合内で決議し、来月の議会に諮《はか》るそうです」

黒滝の暗い目に毅然《きぜん》とした光が灯《とも》る。夜の海に浮かぶ漁火《いさりび》のようだった。

「聞いておいてよかった。組合内で話がまとまれば、どうせ私の所に上がってくる。何とかするよ。心配ない」

和彦は、ほっと息をつく。鈴木所長も喜ぶだろう。そう考えながら亀田光一に思いをはせた。新漁業組合が研究所を創ったのは、組合長の光一の賛成があってのことだろう。リゾート計画の失敗で、光一は自責の念を抱いたのだろうか。

「亀田光一は、リゾート計画が失敗した後、どうしたんですか。反省して研究所を創り、自分は責任を取って辞任したとか」

黒滝は唇を斜めにし、皮肉な笑みを作った。

「私が知ってるのは、息子の光喜が高校を卒業するとすぐ、自分のポストを譲ったという話だけだね。計画の頓挫《とんざ》から二年後だ」

微妙なところだった。その二年間、組合長の地位に執着していたとも取れるし、計画が失敗した後の混乱を収拾していたとも考えられる。上杉が手早くスマートフォンで検索し、市政概要を引っぱった。漁業組合のページから、歴代の組合長の名前を追う。

「亀田光一が死んだのは、二十五年前だ。計画の失敗から四年後。享年《きょうねん》、四十八。男性平均寿命から考えると、かなり早いから病気か自殺だろう。どっちにしてもストレスが多かったんだろうな。つまり、多少は反省していた可能性がある」

もし反省していたとすれば、その中には、君江の一件も入っているのかもしれなかった。

3

それにしても黒滝が、君江の行方不明に関わっていなくて幸いだった。そう思いながら和彦は、上杉と一緒にホテルを出る。

肩を並べて歩きながら、さっきの上杉の考え方に胸を打たれたことを伝えようかと迷った。あの時、黒滝の言葉にすぐ対応できたのは、日頃から常識や既成概念《きせいがいねん》に妥協せず、自分の価値観を磨《みが》いているからだろう。上杉らしいその言葉は、痛みと共に和彦の胸に染みこんでいた。

だが自分の感動を口にするのは、気恥ずかしい。加えて上杉が落ち着かない様子だったこともあって、和彦は言いそびれた。

歩きながら上杉は、何度もスマートフォンを出して待ち受け画面を確認し、舌打ちするのだった。焦《じ》れったそうに操作しては、また舌打ちしてポケットに突っこむ。若武と連絡が取れないのを、気にしているらしい。和彦は自分がやってみようかと言おうとしたが、思い直して口をつぐんだ。俺にできないものを、おまえにできるはずがあるかと言われるに決まっていたし、事実、その通りだろう。上杉の苛立《いらだ》ちを、無駄に大きくするのは避《さ》けたかった。

「おい」

やがて上杉は我慢できなくなったらしく、業《ごう》を煮《に》やしたような目で和彦をにらんだ。

「いくら何でも遅すぎだろ。若武の奴《やつ》、いったいどこをほっついてんだ。またイセエビでも追いかけてるわけか」

そう言いながら、ふっと言葉を呑《の》む。真剣な顔になりながらつぶやいた。

「そういえば、あいつ、方向オンチだった」

和彦は目を見張る。本人からは、一度も聞いたことのない話だった。

「ボーイスカウト時代、キャンポリーの補給隊のリーダーになった時、部隊を山中に迷わせたという武勇伝がある。自分が方向を見失ったら、指揮権を副リーダーに譲《ゆず》るべきなのに、最後までそうしなかった。全員が無事に帰ってこられたのは、ラッキー以外の何ものでもなかったと言われている」

思わず溜《た》め息が出た。若武にいったんリーダーの座を与えたら最後、それを取り上げることは誰にもできないだろう。若武は、自己顕示欲の塊なのだ。どれほど犠牲を払っても、たとえ死んでも指揮官の地位にしがみつくに決まっている。

「その噂《うわさ》が広がらなかったのは、あいつの詐欺師的能力のせいだ。メンバー全員を、口先《くちさき》一つで丸めこみやがったんだ。その時の迷走を、楽しい冒険だったと思いこんでいるメンバーは、今でも多い」

いかにも若武らしいエピソードで、和彦は笑い出したくなる。けれども上杉の機嫌がますます悪くなりそうだったので自重《じちょう》し、話を変えた。

「若武は、迷子になってるのかもしれないね。このあたりの山は結構、深いし、岬の方には迷路のような鍾乳洞《しょうにゅうどう》もあるって聞いている。土地勘がない人間が迷いこんだら、なかなか出られないよ。スマートフォンも通じないだろうし」

上杉は、しかたなさそうな息をついた。

「しゃーない。捜そう。今日からあいつの名前は、迷子ちゃんだ」

そのとたん、上杉と和彦のスマートフォンが同時に鳴り出す。上杉が素早く画面を見た。

「若武からメールだ」

和彦のスマートフォンの表示も、同様だった。二人に同時に送ったらしい。ともかくも連絡が取れたことに胸をなでおろしながら、和彦はメールを開いてみる。こう書かれていた。

「どこで何やってんだよ。おまえら遅いから、先に夕飯食ったぞ。これから寝るから起こすな。疲れてんだからな」

隣でスマートフォンを握っている上杉に、そっと目をやる。怒りで、頬が微妙に震えているのがわかった。

「あいつ、許さんっ」

和彦は、あわてて上杉の肩を抱く。

「まぁ無事だったんだから、よかったってことで。捜しに行かなくてもすんだんだしさ。早く帰って僕たちも飯食って、寝よ。明日の約束に遅れるといけないから」

その手を払いのけ、上杉は足を速めた。和彦はあわてて追いかける。

「若武の部屋に怒鳴りこまないでよね」

上杉はこちらに顔を向け、嚙《か》みつくように笑った。

「そりゃ、いい手だな。きっと、すっきりするだろうぜ」

和彦は途方《とほう》にくれる。

「上杉、怒らないでよ」

ただ頼むことしかできなかった。自分の非力さが胸に刺さる。

「ねぇ、お願いだから」

そう言いながら、まるで子鴨《こがも》のように上杉の後ろをついて歩いた。

「喧嘩《けんか》しないでよ」

上杉は足を止め、こちらを振り返る。

「おまえのそういう態度って、マジいらつく」

射るような眼差《まなざし》だった。

「なんで、あんな奴かばうんだよ。あいつの言うことの方が、正しいとでも思ってんのか。俺が怒ってるのは、不当なことなのかよ」

その怒りが突然、こちらに向かってくるとは思ってもみず、和彦はあわてて首を横に振った。

「そんなこと言ってないじゃないか。若武は、ここにいないんだよ。ここで何を決めつけられても、何の反論もできない立場なんだ。若武なりの理由があるかもしれないのに。その場にいない友だちに対して、いろんな批判をするのは正しいことじゃないよ。僕は、そんなことしない」

上杉は顔をそむけ、歩き出す。和彦もその後を追った。黙ったまま、二人でひたすら足を動かし、研究所に到着する。玄関前で、上杉がこちらを振り返った。

「おまえが言ってる若武なりの理由、本人に聞いとけよ。それが納得できたら、許す。それまで、俺は絶《ぜっ》てー、口きかねーからな」

和彦は頷《うなず》く。上杉が妥協線を提示してくれたことに感謝した。

「ありがと。明日、聞いてみるよ。心配かけないように、よく言っておくからさ」

上杉は腹立たしげな吐息をつき、中に入っていく。和彦も、それに続いた。賄《まかな》い部屋に向かうと、そこはもう暗かった。上杉が明かりを点《つ》ける。蛍光灯がまたたき、二人分の夕食が照らし出された。無言のまま着席し、掻《か》きこむようにそれを食べる。終わるまでに、十分とかからなかった。

炊飯器の中に残っている白米を見て、和彦は握り飯を作ることを思いつく。明日の朝は早い。これを食べればちょうどよかった。

「ね、ジャパン携帯食を作っとこうよ」

上杉は立ち上がり、自分の食器を洗い場に持っていく。

「俺は、いらん」

思いっきりカランをひねり、ぶちまけるような水の中で素早く洗った。乾燥機に入れ、ポケットからハンカチを出して手を拭く。そのまま引き上げていこうとし、出入り口の引き戸の所で思い出したように立ち止まった。

「俺、さっきマジで心配になった。おまえ、あんなこと言ってたら、クラスで浮くんじゃね」

言葉は肯綮《こうけい》に中《あた》り、和彦は声も出ない。じっと上杉を見つめ返しながら、自分がクラスになじめないために起こったいろいろな摩擦《まさつ》を思い出していた。

「あ、直撃か」

上杉は軽く言い、髪をかき上げながら身をひるがえす。その姿が消えると、部屋の空気が一気にゆるんだ。和彦は、魂を吐き出すような息をつく。握り飯を作る気力は、もうなかった。ここを片づけて、今日はとにかくもう寝よう。いろんなことは明日考えればいい。残った白米は、食器棚の中からタッパーを見つけて入れ、冷蔵庫にしまった。

一人でさっさと風呂に入り、パジャマに着替えてベッドに飛びこむ。薄い羽根布団をたぐり寄せ、さぁ眠ろうとして、ふと思った。自分を直視できているか。逃げていないか。どれほど辛《つら》くても現状から目を背《そむ》けず、それを自分に突きつけていなければならないと、今日学んだばかりではないのか。

和彦は飛び起き、膝の上で羽根布団を抱きかかえる。クラスになじむためには、皆の持っている価値観に同意しなければならなかった。心から同意できれば問題はない。できなければ、自分を捨てて無理矢理合わせるよりなかった。和彦はずっと、その努力をしてきた。自分らしい感じ方や考え方を抑え、皆の感じ方や考え方を取り入れてきたのだ。だが、それは正しかったのだろうか。

あのクラスメートを思い出す。教室の出入り口で自分を捜していた。きっと自分が何なのかがわからなくなったのだ。皆に合わせ続けていると、確かに自分を見失う。和彦も、自分自身を希薄に感じることがあった。その状態が長く続くと、それが心に染みついて自分自身を思い出せなくなってしまうのだろう。

一番大事なのは、何なのか。和彦は、一心不乱に考える。大事なのは、自分が自分らしくあることだ。そうでなければ生きる意味がない。

では自分を捨てて皆にそろえ、得られるものは何なのか。クラスになじめる、陰口をきかれたり冷やかされたりせずにすみ、平穏で無難《ぶなん》な毎日を送れる。しかしそのために自分を捨て続けていれば、決定的に自己を損なう恐れがあった。それは自分らしい人生を送れなくなるということだ。

どちらかを選ばなければならないとしたら、自分を大事にするしかないと和彦は思う。自分を守ることが、イコール皆から浮き上がることならば、やむを得ない。勇気を持って、それならそれでいいと思おう。自分を捨てるより、皆から浮いている方がましだ。それは名誉の孤立と呼んでもいい。

名誉の孤立、思いついたばかりのその言葉が、たいそう気に入った。黒滝を思う。普通の人生から浮き上がった生き方を自分で選び、ひたすらに邁進《まいしん》していた。他人になじまないからこそ、カッコいいのかもしれない。和彦はにんまり笑う。クラスで浮いていることも、なんだかカッコよく思えてきた。

うれしくなりながら横になり、目をつぶる。これからも時々は、迷うだろう。だがきっと、ここに戻ってこられる。そんな気がした。自分を直視してさえいれば。

4

朝四時前は、まだ暗い。和彦はスマートフォンのアラームで起き、身繕《みづくろ》いをするために部屋を出た。とたん背中に何かが触れ、かすかな音を立てる。

振り返れば、ドアノブにビニール袋がかかっていた。端に穴を空けてノブに通してあり、中にはラップに包んだ握り飯が入っている。隣の若武の部屋のノブにも、同じ袋がかかっていた。和彦には三つ、若武には一つ、上杉の所には何もない。

和彦は急いで廊下の窓まで行き、道路を見おろす。玄関から出た上杉が、道を横切っていくところだった。手には何も持っていない。和彦は、昨夜見た残飯の量を思い出す。手元の握り飯の大きさから考えると、おそらく四つが限度だろう。

上杉は、まだ暗い中で起き、昨日は拒絶していた握り飯を一人で作って、黙って置いていったのだ。その姿を想像すると、和彦は胸が締め付けられるような気がした。感謝をこめて見送りながら、全力を尽《つ》くして真珠の位置を特定しようと心に決める。

部屋に入ってビニール袋ごと握り飯を机に置き、急いで洗面所に行った。身繕いをすませて戻ってくる。大いにやる気だった。

握り飯を食べながら、まずスマートフォンを市役所のデータベースにつなぎ、岬の地図を呼び出す。念のために三十年前の地図にも目を通したが、地形は変わっていなかった。

岬は太平洋に突き出しながら東側に大きく曲がり、湾を抱えこんでいる。太平洋に面した側には防風林と思われる松林が広がっていて、簡単には海に近づけなかった。

一方、湾に面した側に松林はなく、海を見下ろす道路が続いている。湾の一番奥まった所には公園が造られていた。詩帆子と黒滝が会っていたのは、ここだろう。つまり真珠は、この位置から投げられたのだ。

和彦は、わずかにほっとする。太平洋に投げられていたら、絶対に見つけられなかったろう。だが湾内の、しかも奥なら、まだそのまま海底にあるかもしれない。問題は潮流だった。

潮流は、朝晩の潮の満ち引きによって生じる。満ち潮で海水が入ってきて、引き潮でそれが出ていくのだが、真珠もその流れに乗って移動している可能性があった。

和彦は、市の情報ページにアクセスし、この湾について干満の水位の差や面積を調べる。干満の差と湾内の表面積を掛け、二倍すれば、その日に出入りする水の量を算出できた。

必要な数字をそろえ、計算する。それによれば、この湾では四分の一の水が毎日、外海に出ていき、入れ替わりに外海から入ってきていた。全体の二十五%に当たる水の出入りは、かなりの力を伴《ともな》うだろう。真珠はそれに押し流され、三十年の間に湾から出てしまっているかもしれなかった。

そんなことがないように願いながら、握り飯を食べ終える。鈴木の出勤時間を待って所長室に向かった。研究所には、湾内の潮流について調査した報告書があるだろう。それを細かく調べ、真珠の沈んでいる場所を特定するつもりだった。

所長室のドアを叩く。返事がなく、そっと開けてみると誰もいなかった。壁の黒板に、九時から会議と書かれている。即、足を向けた。

「すみません、湾の潮流について調べたいんですが」

会議室をノックして聞くと、鈴木は自分の隣にいた金本の顔を見た。金本は室内水槽室や海面育成施設など研究所内の建物の管理や、書類の整理を担当している。

「えっと海流関係は、まだコンピュータ入力してなくって、資料倉庫に入ったままです」

申し訳なさそうに言われて、和彦の方が恐縮した。

「では、資料倉庫で調べさせてもらってもいいですか」

鈴木は頷《うなず》いたが、その顔は曇っていた。研究所の将来が心配なのだろう。和彦は思い切って会議室に踏みこみ、鈴木のそばに寄ってささやいた。

「昨日、黒滝さんに会ったんですが、研究所のことは自分が何とかするとおっしゃってました。詳しくは、本人に聞いてみてください」

鈴木の目に希望がまたたくのを見ながら退出し、裏口から出て資料倉庫に向かう。

海洋研究所は、海に向かって傾斜した土地に建てられており、敷地内の地面は概《おおむ》ね斜めだった。海に面して海水ポンプ棟や海面濾過《ろか》施設、艇庫《ていこ》、船舶保留施設などが並び、その後ろに研究所の本館があって、裏手のもっとも高い部分に山頂送受信所が設けられている。足元には電気室棟や野外水槽棟、浄化槽が並んでおり、資料倉庫はその中の一つだった。

敷地内に植えられた木々の枝で、蟬が大気を揺るがせんばかりに鳴いている。それだけで暑さが倍化する思いだったが、蟬は鳴き始めてから十日も生きられない昆虫である。喧《かまびす》しいその声も、かけがえのない命を精一杯生きている証《あかし》なのだと考えれば、愛《いと》おしかった。

爪先上がりの道を資料倉庫まで歩き、そのドアを開ける。中から、もわっと暑さが流れ出してきた。出入り口に立っただけで、瞬時に熱帯まで移動したかのような気持ちになる。

内部は、さらに暑かった。見まわしても、エアコンはもちろん換気扇も見当たらない。和彦は大きな息をついて自分の内から弱音を追い出し、我慢しようと心を固めた。倉庫の出入り口に置いてある机の上の蔵書目録を手に取り、湾内の潮流について書かれた資料を捜す。

関係の深そうな二冊を見つけた。一冊は、大阪の出版社が出している一般書で『日本の湾』、もう一冊はこの研究所で作った調査報告書で『湾内の流れについて』と題され、年別に五巻あった。

それらの棚に行って合計六冊を引き出し、出入り口の机に戻る。そこに腰を下ろし、まず調査書の方を開いてみた。

読み始めるものの専門用語が多く、言い回しも難解だった。やむなく『日本の湾』の方をめくってみる。こちらには基礎知識が載っており、言葉の解説もされていた。

まずこれで学習するしかないと思いながら読んでいくと、湾の中で生じる流れというのは、和彦が考えている以上に複雑なものであることがわかってきた。日本のいくつかの湾を例として記載してあり、それによれば、湾内の流れは潮の満ち引きだけでなく海底の地形や水温、塩分、風力によって変わり、またそばを大きな海流が通っていれば、それにも影響されるのだった。台風や地震などにより、突発的で一時的な流れが生まれることもあると書かれている。

読みこんで専門用語と基礎知識を頭に入れた後、この湾の具体的な流れを調べるために調査報告書に手を伸ばした。

ところが最初の巻の表紙を見て、ぎょっとする。一九八八年だった。真珠が海に落ちた三年後である。それ以前の三年分が足りないのだ。

このあたりはリアス式海岸で陸棚が狭く、海底の地形はきわめて複雑だった。しかも湾のそばを黒潮が通っている。三十年前の三年間の水の流れを今から調べるのは、容易なことではなかった。

その上、黒潮は毎年、同じように流れる訳ではない。大蛇行という曲がりくねった流れを作る年があった。湾内の流れがそれに影響されるとなると、今、真珠が沈んでいる場所を知るためには、この五冊の調査報告書を見る前に、それ以前の黒潮の流れを追い、湾内の流れの変化を新たに調べて空白の三年間を埋めねばならない。その三年の間に、台風や地震によって不規則な流れが生じている場合は、それも含める必要があった。そんなことは、ほとんど不可能ではないか。

和彦は資料倉庫を飛び出し、本館に駆《か》けこむ。どこか別の場所に、一九八八年以前の調査報告書があることを期待した。もし事前調査が行われていたとすれば、その時の記録だけでも充分、手がかりになる。

所長室に戻っていた鈴木を訪ね、せがむように聞いてみた。鈴木は、猛然《もうぜん》と入ってきた和彦の権幕《けんまく》に驚いたらしく、椅子から腰を浮かせたまま即答する。

「ああ一九八八年より前には、調査は行われてないよ」

和彦が愕然《がくぜん》としていると、鈴木は笑いながら腰を下ろした。

「ここが創設されて研究がスタートしたのが、一九八八年だからね」

和彦は失意を嚙《か》みしめ、資料倉庫に戻る。真珠の沈んでいる場所を特定することは、不可能かもしれない。そう思ったとたん、それを裏付けるようないくつもの要素が頭に浮かんだ。投げられた真珠は、真っすぐ海に落ちず、岩に引っかかっているところを誰かに拾われたかもしれない。海に落ちたとしても、波にさらわれて浜に打ち上げられ、誰かに持ち去られたかもしれない。あるいは海中で、黒潮に乗って迷いこんできたサメなどの貪欲な魚類に吞《の》まれてしまったかもしれない。額ににじんだ汗が、顎《あご》を伝って肩や胸に滴《したた》り落ちた。

上杉に電話し、真珠の場所は突き止められなかったと報告するしかない。そう思いながらスマートフォンを出し、手を止める。今頃は、きっと潜《もぐ》っているだろう。何の当てもなく、海中をさ迷うような作業を繰《く》り返しながら、広い湾の中でたった一粒を捜しているのだ。黒滝はともかく、それほど体力もなく慣れてもいない上杉は、必死だろう。そういう荒仕事が待っているとわかっていたのに、和彦よりずっと早く起き、自分が食べるのでもない握り飯を作って置いていってくれたのだった。

そんな上杉に、できないと言っていいのか。その捜索範囲を少しでも狭《せば》めるために、この作業を頑張ろうと思ったのではないか。自分にできる分野で力を尽《つ》くさなくて、友だちとして恥ずかしくはないのか。ここは死ぬ気でやらなければならないところだろう。でなかったら、これから上杉と真面《まとも》に顔を合わせられない。もちろん黒滝とも、だった。彼らが潜《もぐ》り続けている限り、ここで全力を振り絞《しぼ》るべきだ。

和彦は、額の汗を拭う。問題は、調査報告書のない三年間だった。どう調べていくか、その手順を考える。まず黒潮の流れを知るのが先決だろう。この三年間に湾に接近しているようなら、他の年の事例を参考にしながら湾内の流れの図を新たに描き起こすしかない。自分だけで歯が立たなければ、鈴木か、父を介《かい》して大学の研究室の協力を頼む。大きな台風や地震についても考慮し、その時に起こった水流を別の図面にする。それらにどれほど時間がかかるのかを考えると、気が遠くなるような気分だったが、とにかくやるのだ、やるしかない。

和彦は、資料倉庫に備え付けられている目録を再び開く。『黒潮の流路』と題された本を見つけ、棚からそれを探し出した。

海上保安庁海洋情報課の記録を基に作成されたというそれを読み進める。黒潮は一九七六年から一九八六年までの十年間、大蛇行を起こし、紀伊半島東部から遠く離れたようだった。一九八七年に元に戻ったものの、大蛇行が起こる前ほどは半島に近づいていないと書かれている。つまり大蛇行時と、その後を合わせた三年間、黒潮は陸地近くを流れていないのだった。湾内の潮流は、黒潮に左右されていないと考えてもいい。

ほっとしながら和彦は、スマートフォンを気象庁のデータベースに接続した。三年間の台風と海底地震を調べる。見間違えを防ぐために何度か確認したが、この三年間には台風や地震での特出した被害は出ていなかった。躍り上がりたい気分で、拳を握りしめる。

「よし」

特別なことが起こっていないのだから、空白の三年間の湾内の流れは、一九八八年からの調査報告書に準じて考えてもいいだろう。大きな山を一つ、越えた気がした。

だが不安材料がない訳ではない。二〇〇四年に紀伊半島沖合で大きな地震が起こっていた。震度五弱で、津波注意報が出ている。これについては調査報告書があり、それを見れば水流の変化はわかるのだが、海底もかなり動いたに違いなく、崩れた岩の下に真珠が埋まってしまっていることも考えられた。そうなっていたら、見つけるのは困難かもしれない。

気がかりを抱えつつ、一九八八年からの調査報告書と向き合う。それによれば、太平洋の水は満ち潮、引き潮によってこの湾内に入りこむ際、東側から入って南側に出ていくとあった。海水は湾内を時計回りに循環し、恒流となっているのだった。

この恒流をさらに詳《くわ》しく見ると二重になっていて、上層は、湾の中央部に中心を持つ大きな時計回りの恒流。その下層には、中央部に中心を持つ恒流と、湾のもっとも奥まった所に中心を持つごく小さな恒流があり、どちらも時計回りだった。

五冊の報告書は、地震や台風時の水流の変化も含めて、この三つの恒流を詳しく測定、その数字やグラフを記載している。それぞれの縮尺図も添えられていた。だがその数字に基づいて考察され、解析されているのは、湾全体を覆《おお》っている上層の大きな恒流についてのみで、下層の二つについては、今後の研究が待たれるとの記述しかなかった。

和彦は、奥歯を嚙みしめる。真珠が投げられた公園は、湾の奥にあった。水面までは落差があり、また真珠は大珠《おおだま》だったというからそれなりの重みもあり、深く沈んだと考えれば、この一番小さな恒流に達した可能性が高い。しかしその流れについては実測の数字が書かれているのみで、研究はされていないのだった。

歯ぎしりしたい思いで開いたままの五冊の報告書をながめる。研究者でない和彦には、数字から正しい考察を導き出すことができなかった。悔《くや》しさで胸をいっぱいにしながら、ただぼんやりとその記述を目に映す。やがて中の一冊に、追記事項があることに気づいた。ただ一行だけだったが、こう書かれている。

「近年、この湾で何度か、太古の魚類と思われる魚の死骸が上がっており、研究中である」

はっとした。死骸が発見された場所は記載されていないが、そういう魚がいるということは、この湾のどこかに太古に近い環境があるということだった。それが、湾の奥の恒流だとしたら。胸がときめく。湾の奥まった場所であるために、外界の影響を受けにくいということは大いに考えられた。そうだとすればそこの流れは、ほとんど変化しないのではないか。湾内にある他の恒流と違って、地震や台風の影響も受けず、昔からずっと時計回りの動きを繰《く》り返しているのかもしれない。

和彦は猛然と、五冊の調査報告書を引っくり返した。それに直接触れている記述はどこにもなかったが、自分が着目した観点に立って、初めから見直してみる。地震や台風時の数字を全部ピックアップし、一つ一つを通常時と比べてみた。図とグラフを丁寧《ていねい》に追い、調査の間隙を推察で繋《つな》げていく。自分の思いつきが次第《しだい》に確かなものになっていくのを感じ、ゾクゾクした。五冊全部を見終わり、思わず声を上げる。

「変化なしだ」

そこに真珠が落ちたとしたら、今もその恒流の中にあるだろう。気持ちが逸《はや》り、和彦は潮の満ち引きの問題に目をつぶってしまいたい気がした。真珠は確実にそこにある、そう断言できたら、上杉や黒滝がどれほど喜ぶだろう。

だがこの湾の水は、潮の干満に合わせて四日間で全部が入れ替わるのだ。真珠がその流れに乗って太平洋に出ていることも、ないわけではない。反対に海底の窪《くぼ》みに落ちこんだり、海藻《かいそう》に引っかかったりして残っているかもしれなかった。そこはもう運命の女神の出番だろう。祈るしかない。

和彦は、調査報告書にある恒流の図から縦横のサイズを測り、それに縮尺をかける。正確な数字を出すために、全部の報告書の図を測った。心は勇み立っている。やっと真面《まとも》な報告ができる。上杉の負担を減らし、黒滝の熱願に通じる道を見つけ出したのだ。急いでスマートフォンを取り上げ、上杉に電話をした。潜《もぐ》っている最中かもしれないと思ったが、すぐ声が聞こえてきた。

「俺、もう死んでる。黒滝は、まだ水ん中。あいつ人間じゃねー。野獣だ」

励まそうとして、和彦は声を張り上げる。

「真珠は、湾の奥から測って縦十m、横三mの縦長の楕円《だえん》の範囲内にある可能性が高い。そこになければ、もう太平洋だ。あきらめるしかない。黒滝さんにそう伝えて。僕もすぐそっちに行くから」

5

ボート置き場まで駆《か》けつける。そこまで行ってからようやく、上杉たちと合流するには自分でボートを漕《こ》いで海に出ていくしかないと気がついた。和彦は、ボートを漕いだ経験がない。貸しボート屋に交渉し、上杉たちのボートまで運んでもらおうかと考えていると、岬の方で、あの白い光がきらめいた。和彦は息を呑《の》む。その位置が、湾の奥から縦十m、横三mの範囲内のように見えたのだった。

真珠が沈んでいるかもしれない水域で、あの光がきらめいているというのは偶然だろうか。いや、自然界には必然しかない。偶然と見えるのは、その関係性が隠れているからだ。和彦は、岬に向かって走る。ここに来た時からずっと謎だった白い光、その正体を今日こそ確かめるつもりだった。

光はきらめき続ける。まるで誰かが、そこでヒラヒラと手を振っているかのようだった。自分はここにいると呼びかけながら、和彦を招いている。

岬に到着し、和彦は湾を見下ろす。光の位置を正確に計算しようとしてスマートフォンを出した。まず地図でボート置き場から岬までの距離を調べ、三角測量法を応用し、正弦定理と余弦定理を使う。上杉のようにあざやかにはできず、モタモタしながらＸＹ座標を組んだ。そこに数値を代入して光の位置を算出する。やはり縦長の楕円《だえん》の中だった。

和彦は、目を凝《こ》らして光を見つめる。そこだけ海面の色がわずかに違っていた。針の先で突いたかのように、その狭い範囲だけ変色しており、それが太陽光線を反射して光って見えるのだった。

もっとよく見ようとして身を乗り出す。瞬間、白い光はふっと消えた。海面はたちまち同じ色に染め上げられる。摑《つか》みかけていた物が、指の隙間からこぼれ落ちていったような気がした。恨《うら》めしく思いながら、光があった場所に近づいているボートをにらむ。乗っているのは一人だけで、どうも上杉らしかった。

何もこのタイミングでこの位置に来なくても。そうは思ったものの、楕円の中を捜すように言ったのは和彦だったから責められない。白い光についても話し、正体を確かめてくれるよう頼んでおけばよかったと後悔したが、今さらどうしようもなかった。

海の一部が、周りと違う色になることは珍しくない。原因は様々だった。植物性プランクトンが集まっていると、それが赤と青の光を吸収するため、その部分は緑色がかった褐色になる。海底に砂がある場合は、それが射しこんでくる光を反射し、海の青にその砂の色が入り交じるのだった。

あのように小さな一点だけ色が変わるのは、その部分が浅く、底に白い何かが沈んでいて、それが海面から射しこむ光を反射したからだろう。和彦はあきらめきれず、光のあったあたりをしきりに見まわす。しかし輝きは二度と現れなかった。発光源が押し流されたか、あるいは大型の魚類や軟体動物に捕食されたのかもしれない。

ポケットでスマートフォンが鳴り出す。考えこんでいた和彦はビクッとし、半ば現実に戻れないままに電話を取った。

「出たぜ」

生彩《せいさい》を帯《お》びた上杉の声が耳に飛びこむ。明朗な響きの底に、喜びを抑えきれないといった息遣いが籠《こ》もっていた。

「青い真珠が出た。今、黒滝さんが持って上がってきたとこ」

和彦は、大きな息を吐き出す。鯨の潮吹きのようだと自分で思った。喜びがゆっくりと湧《わ》き上がってくる。運命の女神に味方してもらえたのだ。見下ろせば、ボートの中の人影は二人に増えていた。

「小塚、おまえのウィニングショットだ。ありがと」

面と向かっていたら、上杉はそうは言わなかっただろう。顔が見えないからこそ褒《ほ》めたのだ。和彦は黙って赤くなる。友だちに褒められるのは、どうにも擽《くすぐ》ったかった。

「で、さ」

上杉は、素早く話を変える。自分でもキャラに合わないことを言ったと感じ、落ち着かなかったのだろう。和彦はほっとしながら耳を澄ませた。

「俺の苦手な物も、一緒についてきた。人間の頭蓋骨《ずがいこつ》だ」

和彦は、あの光を思う。浅瀬にあった白い頭蓋骨が、海面から射しこむ太陽光線を反射していたのかもしれない。消えたのは、引き上げられたからだ。

「真珠は、その頭蓋骨の中に入ってたんだ。おまえから電話もらって、その場所に移動して二人で潜《もぐ》ってたら頭蓋骨があるのがわかって、俺は即リタイヤ。黒滝さんが近寄って見たら、その中に真珠があったんだって」

声を聞きながら、眼下に広がる海の中を想像する。海底にひっそりと沈んでいる白い頭蓋骨。その中に、まるで瞳のように収まっている青い真珠。素晴らしく美しいと思った。

「頭蓋骨の大きさから考えて、君江さんじゃないかって言ってる。俺もそう思うよ。これからボート置き場に向かうから、そっちで会おう」

和彦は、今年が君江の三十回忌だったと思い出す。それでこの岬に帰ってきたのかもしれない。君江がいなくなった当時、このあたりは捜索されたはずで、遺体がここにあれば発見されていただろう。和彦が初めに見た時、白い光はもっと沖にあった。君江は、きっと戻ってきたのだ。そして恒流の中で真珠を見つけ、外海に出ていく水の流れから守っていたのに違いない。いや、ここに戻ってくる途中、流されていく真珠と出会い、必死に自分の中に取り込んだのかもしれなかった。

上杉にそう言ったら、鼻で笑うだろう。だが今回のことはすべて証拠が一つもなく、現実には事件として認められていないものなのだ。空想の世界の出来事《できごと》に留《とど》まるのなら、ファンタジーなエンディングも許される。君江はきっと早く見つけてほしくて、あの光を放っていたのだ。

「小塚、こっち」

和彦がボート置き場に着いた時には、上杉と黒滝はもう着岸していた。ボートの上で着替えたらしく、ダイビングスーツを抱えてこちらにやってくる。先に立っているのは上杉で、色白のその顔は、紅葉《もみじ》を散らしたように赤く火照《ほて》っていた。

「これが噂《うわさ》の、青い真珠」

上杉にしては珍しく大袈裟《おおげさ》な言葉を使いながら、掌《てのひら》を開く。そこに、あざやかな青紫の真珠が載っていた。和彦は目を見張る。まるで海を凝縮したかのような一粒だった。雫形《しずくがた》で、一番大きな部分は百円硬貨の直径ほどもある。降り注ぐ陽射しを浴び、内側から七色の光を放っていた。

「すごいね。超を付けてもいいくらいだ」

感嘆しながら和彦は、上杉の後ろにいる黒滝に目を向ける。

「黒滝さん、見つかってよかったですね。おめでとうございます」

黒滝は、わずかに微笑《ほほえ》む。昨日よりさらに日に焼けたその顔は、達成感に満ちていた。自分に課した一つの難題をやり遂げた男の、例《たと》えようもないほどいい顔だった。カッコいいと和彦は思う。今まで見てきた中で、今日の黒滝が最高だった。

「君たちに感謝している。ありがとう」

静かな言葉に、深い響きが籠《こ》もっている。真っすぐに和彦を見つめる瞳には、敬意が浮かんでいた。和彦は胸が熱くなる。役に立てたことがうれしく、黒滝から一目置かれた自分が誇らしかった。

多少照れながら、目を伏せる。行方不明の君江が見つかり、青い真珠も発見されたとなれば、詩帆子の心も少しは安らぐに違いない。その痛々しい混迷に、ピリオドを打つことができるだろうか。

「えっと」

上杉が黒滝を振り返り、視線でその手元を指す。

「あれが頭蓋骨」

バンダナに包まれ、黒滝に抱かれていた。和彦は歩み寄り、手を伸ばす。

「見せてもらってもいいですか」

受け取ると、ガラスのボールでも持ったかのように軽かった。バンダナを開けば、あちこちが欠けていて痛々しい。最初にあの光を見たのは、ここに来た時だった。それ以降、ずっと海の中から呼びかけていたのかもしれないと思うと可憐《いじら》しく、発見が遅くなったことが申し訳なく思われた。

「おい、何だ、その頬ずりしそうな顔は」

上杉が、後ろから和彦の頭をこづく。押されて和彦は、頭蓋骨に額を押し付けた。瞬間、耳の奥が見える。焦げ茶色になっていた。和彦は思わず声を上げる。

「錐体内出血《すいたいないしゅっけつ》だ」

上杉がとっさに手を伸ばした。

「貸せ」

触る気になったらしい。側頭部をのぞきこんで錐体やその周りの骨をじっくりと観察してから和彦に突き返す。

「おそらく溺死《できし》だ」

錐体は、中耳や内耳を取り囲む骨だった。溺死者の半数以上がこの骨に出血するといわれている。

「潜《もぐ》りを仕事とする海女を溺《おぼ》れさせるには」

上杉は、その目にきつい光をまたたかせた。

「一服盛るのが早道だろ。この日の夕方、市役所の高田が君江の家を訪れている。君江の茶碗《ちゃわん》かコップに睡眠導入剤を入れ、眠ったところを海に落とせば、溺死のでき上がりだ」

それは、公園で黒滝が真珠を投げていた頃だったのかもしれない。詩帆子はいったん家に戻って潜る用意をした。海に入って真珠を捜していて、母の遺体を見つけたのだ。その驚愕《きょうがく》と衝撃は、想像に余《あま》りある。和彦は、頭蓋骨を抱く手に力をこめた。二人がかわいそうでならない。

「だが証拠が、皆無《かいむ》だよな」

上杉が吐き出すようにつぶやいた。

「おまけに亀田光一も高田も、すでに故人だ」

黒滝の靴が、ジャリッと地面を踏みにじる。目を向けると、その視線は、向こうからやってくる詩帆子の姿を捉《とら》えていた。

第4章　秘密の隠し場所

1

上杉が手を伸ばし、黒滝に真珠を渡す。黒滝はそれを握りしめ、肩にかけていたダイバースーツを置いて、大きなストライドで詩帆子に歩み寄った。

「詩帆、子」

長く呼んだことのなかった名前を呼ぶ声は、かすれていた。黒滝はもう一度、繰《く》り返す。しかし詩帆子は、興味を示さなかった。黒滝の前を通りすぎながら、その脇にいる和彦に気づく。歩み寄ってきて手を伸ばし、頭をなでた。

和彦は鼓動が跳《は》ね上がる。こちらを見おろす詩帆子の目は優しく、小さな海のようだった。その中には、相変わらず虚《うつ》ろな穴がある。和彦は何か言わねばならないと思い、また言いたかったが、言葉を見つけられなかった。詩帆子の目の中に、ぽっかりと空いた穴をただ見つめる。

「詩帆子」

黒滝がそばに寄ってきて、掌《てのひら》に載せた真珠を差し出した。

「これを返す。遅くなって申し訳なかった」

その手に、詩帆子は目を向ける。視線の先で真珠をとらえ、そこに釘《くぎ》づけになった。和彦は息を呑《の》んで見守る。詩帆子の目には、青い真珠が映っていた。その影が目の上でゆっくりと膨《ふく》らみ、伸びやかに大きく広がって虚ろな穴の中に流れこむ。たちまちその穴を埋めつくし、満ち潮のように瞳いっぱいに漲《みなぎ》った。穴はもう見えない。真珠が埋めたのだ。黒滝の優しさが埋めたのかもしれなかった。

詩帆子の目から、涙がこぼれる。たくさんの涙を流しながら詩帆子は、両手を伸ばした。真珠を摑《つか》むのだろうと和彦は思ったが、詩帆子が握ったのは、真珠を載せている黒滝の手だった。それを両手で包みこみながら口を開く。

「竜ちゃんのグレかかった心、やっぱ真珠が吸い取ってくれたんだね」

三十年の沈黙を破って発せられた言葉は、聞き取りにくかった。だが詩帆子がしゃべったというだけで、その場の皆が圧倒された。心を揺さぶられる和彦の隣で、上杉がつぶやく。

「俺、ｗａｔｅｒって聞いた時の、サリバン先生の心境」

黒滝は腕を伸ばし、詩帆子を抱きしめる。大きなその胸の中にかき抱き、身をよじるようにして謝罪した。

「すまなかった。本当に申し訳なかった。償《つぐな》わせてくれ。頼む」

詩帆子は、身じろぎして体を離す。上半身をそらせ、じっと黒滝を見つめていて、やがて微笑《ほほえ》んだ。黒滝の腕をつかみ、自分がやってきた方向に歩き出す。黒滝は困惑しながら、それでも逆らわなかった。詩帆子のしたいようにさせるのも、償いの一つと考えているのだろう。歩きながらこちらを振り返り、和彦の胸元の頭蓋骨を指す。

和彦はしっかりと抱きしめながら頷《うなず》いた。上杉が、早く行けといったように手を振る。歩いていく二人を時の流れが包みこみ、三十年の昔へと運んでいった。まるで中学生に戻ったかのようなその姿を見送りながら、和彦は胸に痛みを感じる。詩帆子に連れられていくのが、黒滝でなく自分だったら、どんなによかっただろう。

「詩帆子さんがほしかったのは、真珠より黒滝さんだったんだよな、きっと」

そう言って上杉は、太陽が焼きついたような頬をさらに赤くした。

「さて、俺たちも帰ろ」

黒滝の残していったダイバースーツ類を道の端にまとめ、そこに自分の分を重ねる。

「後で、自転車借りて取りにくればいいや」

和彦は、自分が抱いている頭蓋骨に視線を落とした。

「これ、どうするの」

上杉は、さも嫌《いや》そうに目をそむける。

「さすがに警察だろう。ま、取りあえず研究所だな。これを引き上げたのは黒滝さんだから、鈴木所長に訳を話して、二人で警察に持っていってもらおうぜ」

太陽は、もう天中に近かった。真上からじりじりと照りつける。光と熱を投げつけ、影さえも干し上げて縮み上がらせていた。和彦は上杉と肩を並べ、研究所への道をたどる。

「詩帆子さんはさ、たぶんすっげぇ好きだったんだよ、黒滝さんのこと。だからあれこれ世話を焼いたんだ。女って、そういうとこあるだろ」

上杉が、さもわかったかのように解説する。

「男にはウザいし、恥ずかしいんだけど、それ、女にゃわかんないんだろうな。きっと真珠を捨てられて、自分自身を捨てられたように感じたんだ」

和彦は、もう見えない二人の姿を道の向こうに想像した。どこに行ったのだろう。もしかして詩帆子の家かもしれない。黒滝も、真珠を手に入れた今なら、君江の仏前に手を合わせることができるだろう。

「僕、失恋した」

思い切って口に出すと、なんだか泣きたくなった。上杉が憮然《ぶぜん》とした顔で足を止める。

「誰に、いつ、どこで、どうして」

和彦は、二人の消えた道の方に目をやった。上杉が、信じられないといわんばかりに目を見開く。

「頭でられてホレたわけか。おまえ、歳《とし》いくつだ。中学生のプライドはないのか」

どう答えていいのかわからなかった。黙っていると、上杉は、ふっと視線をそらせる。

「ま、俺も、睫毛《まつげ》長ぇとかでホレたことがある」

初めて聞く話だった。いつも冷静な上杉が、睫毛の長さで心を奪《うば》われるとは思わなかった。和彦は、ちょっと笑う。人を好きになるというのは、いつもの自分を踏み越えることなのかもしれない。

「でも詩帆子さんは、おまえより黒滝さんがお気に入りなんだ。黒滝さんの方が似合いでもあるし」

それは、ゾウとミノムシを比べるようなものだった。

「わかってるよ。僕は、諦《あきら》める」

上杉が突然、力をこめて肩を抱き寄せる。和彦は重心を失い、躓《つまず》きそうになった。

「自分の幸せより、女の幸せを願ってこそ男だ。自分を大事にしてるうちは、まだまだガキ。つまりおまえは、男になりつつあるんだ」

その言葉で、和彦はかなり慰《なぐさ》められた。まだ胸に残っている未練《みれん》な想いも、押しつぶせそうな気がする。

「でもおまえって、道端で三回会っただけじゃん。それ、まだ恋未満だろ。本当に好きになるって、そんなんじゃねーよ」

まるで数多くの経験をしたかのような言い方だった。和彦は聞いてみる。

「上杉、好きな子、いるの」

上杉は、しばらく黙りこんでから、きっぱりと答えた。

「いる。だが告白はしてない」

あまりにも潔《いさぎよ》かったので、和彦は思わず尊敬の目を向ける。これからは、友だちというより先輩と考えた方がいいのかもしれなかった。

「本当に好きになるって、どんな気持ちがするものなの」

上杉は目を伏せる。その顔に、憂鬱な影がやんわりと広がった。

「まず、切《せつ》ない。その子のそばにいる時は幸せなんだけど、そうでない時の方が圧倒的に多いからな。今ごろ何してるんだろとか考えて、溜《た》め息をついたりする。会いたいなって思ったり、おもしろいニュースとか聞くと教えたいなって思ったり、きれいな花とか見ると、こんなの持たせたら似合うんじゃないかって思ったり」

そう言いながら急に視線を上げた。

「でも会えなくても、この世にその子が生きているってだけで、幸せに思ったりもする」

恋は、上杉を詩人にするらしい。和彦は、ただただ驚きながらそれを見つめた。

「その子の笑顔を見ると、喜びで心臓が爆発しそうになる。ああ生まれてきてよかったたって思うんだ」

陶然《とうぜん》とした目付きになり、直後に顔をしかめる。

「だが女に告《コク》るのは、数学のすげぇ難問を解くより難《むずか》しい。ほとんど無謀《むぼう》といえる行為だ。なぜって確立された定理とか法則とかが、一個もないんだぜ。羅針盤《マリナーズコンパス》を持たずに航海に出るようなもんだ」

それは、かなり危険だと和彦も思う。恐ろしいといっても言い過ぎではなかった。

「皆、よく勇気あるよね」

上杉は半ば諦《あきら》めたような顔つきで、口角を下げる。

「やるしかねーんだよ。恋は、大人の男の必須アイテムだ。仕事ができて、上質な趣味をいくつか持ち、社会奉仕もして、恋も充分楽しむ、それがカッコいい大人の男なんだ。俺たちは、それを目指す。ボーイズ　ビー　アンビシャスだ」

海にそって右に曲がっている道の左手に、研究所の建物が見えてくる。上杉が思いついたようにポケットに指を入れた。小さな物をつまみ出す。

「これ、海で拾ったんだ。やる」

受け取ると、漆黒でガラスのような艶《つや》があった。黒曜石らしい。波に磨かれたようで、きれいな楕円形《だえんけい》だった。

「箸置きの亀、もう修復不能だろ。それ使え」

和彦は、その石を握りしめる。

「ありがと」

そう言ってから、もう一つ思い出した。

「握り飯も、ありがと」

上杉は、耳の端まで真っ赤になる。両手をズボンの前ポケットに突っこみ、肩を怒《いか》らせながら横を向いた。

「おまえ、超ダサっ。俺は、密《ひそ》かにやったんだぞ。それなのに、面と向かって礼なんか言うな」

和彦は笑い出しそうになる。それが、上杉の怒りをいっそう掻《か》き立てたようだった。上杉は無言で猛然《もうぜん》と足を速め、和彦との距離はしだいに離れる。あわてて後を追った。

和彦が研究所の玄関をくぐった時、上杉は階段の方に歩いていくところだった。すぐ和彦に気づき、視線を頭蓋骨に投げる。

「それ、持ち回すなよ。所長室に置いてこい」

もっともだった。長い間、海中をさ迷っていた君江がようやく帰ってきたのだ。早く安置し、弔《とむら》ってやりたい。詩帆子の心が落ち着いたら、対面も果たさせてやりたかった。和彦は所長室に足を向ける。上杉もついてきた。

「小塚ですが、話があってうかがいました」

ドアをノックし、鈴木の了解を得て部屋に踏みこむ。

「黒滝さんが、これを岬のあたりで発見したんです」

バンダナに包まれた頭蓋骨を鈴木の机の上に置いた。

「君江さんじゃないかと思っているんですが」

バンダナの結び目を解《と》き、包みを開く。鈴木は目を剝《む》いた。

「黒滝さんと連絡を取って、警察に届けてもらえますか。その際、この頭蓋骨には錐体内出血《すいたいないしゅっけつ》があると伝えてください。必要なら僕たちも出頭します。部屋にいますので、いつでも呼んでください」

鈴木は声もなく、ただただ頷《うなず》く。

「よろしくお願いします」

頭蓋骨に一礼してから、上杉とともに退室した。

「かなり驚いてたよね」

和彦が笑うと、上杉に頭をこづかれた。

「あたりまえだろ。普通の人間なら皆、驚く。もっとすげぇ反応しても、おかしくなかった。椅子から滑《すべ》り落ちるとかさ」

その様子を想像すると、いっそうおかしかった。

「なんでかな。頭蓋骨って、そんなに珍しい物じゃないのに。誰でも持ってるし、誰にとっても身近な物だと思うけど」

上杉が横目でにらむ。

「頭蓋骨を身近に感じてるのは、おまえだけだ」

玄関を横切り、その奥にある階段に足を伸ばしたとたん、後ろから声をかけられた。

「あの、小塚君」

振り向けば、玄関ドアから陽香がこちらをのぞきこんでいる。

「行けよ。俺、部屋に戻ってる」

上杉がそう言い、階段を上っていった。和彦は陽香に向き直る。

「やぁ、この間はありがとう」

陽香は玄関から踏みこんできて、おずおずと口を開いた。

「あの子、大丈夫だったかな。昨日、相当やられたみたいだから気になってさ。うちのお兄ちゃんたちって、手がつけられないから」

階段の上から上杉が、猛然《もうぜん》と駆《か》け下りてきた。

「それ、若武のことか」

陽香は頷《うなず》く。

「状況はよくわかんないんだけど、研究所に来てる東京もんだって話してたから、そうだと思う。フルボッコにしてやったたって」

上杉は、嚙《か》みしめた歯の間から唸《うな》るような声をもらす。

「あ、の、野郎っ」

身をひるがえして階段を駆《か》け上っていった。和彦はあわてて追いかけながら陽香を振り返る。

「ありがと、ごめんね。後で連絡する。携帯の番号、ここの受付に置いていって」

上階からドアを叩《たた》き壊《こわ》しそうなノックの音と、上杉の大声が聞こえてきた。

「若武、ここ開けろ。もうバレてんだ。隠しても無駄だぜ」

和彦は、急いで階段を上がる。息を切らせて三階にたどりついた時には、熱《いき》り立つ上杉の前に、若武の部屋のドアが渋々開いていくところだった。その向こうから、若武が顔をのぞかせる。

「うるせーよ。静かにしろって」

片目が開かないほど腫《は》れ上がり、内出血で真っ青だった。唇も深く切れている。激怒していた上杉の怒りも一気に鎮火《ちんか》するほどの惨状《さんじょう》で、和彦は思わず顔をゆがめた。

「これじゃ確かに、人前に顔は出せんな」

毒気を抜かれたらしい上杉を、若武はにらむ。

「わかったら行け。俺に構《かま》うな」

素早く閉めようとしたドアに、上杉が爪先《つまさき》を突っこんだ。そのまま片方の肩を入れ、ドアを押して中に入りこむ。和彦もあわてて後に続いた。

「状況説明がほしいんだけどさ」

若武は不貞腐《ふてくさ》れた顔でベッドに腰を下ろし、直後に痛そうに胸を抱えて前かがみになる。顔をしかめ、息もできない様子だった。上杉がうっすらと笑う。

「へぇ、肋《あばら》も折ってんのか。結構、派手だな」

和彦はうろたえた。

「早く医者に行かないと」

上杉が、軽く首を横に振る。

「医者に行っても、痛み止めとサポーターで終わりだ。肋骨《ろっこつ》の骨折は、安静にして回復を待つのが唯一の治療法」

そう言いながら若武の隣に、勢いを付けて腰を下ろした。マットレスが揺れ、若武は苦痛に顔をゆがめて上杉をにらみ上げる。

「きっさま」

上杉は、その胸元を摑《つか》み寄せた。

「俺たちをだまして、何やってたんだよ」

和彦は昨夜、上杉がしきりに若武と連絡を取ろうとしていたことを思い出す。まさにその時、若武は、こうなっていたのだった。上杉としては、連絡を絶《た》っていた若武への不満と、その危機に気づかなかった自責の念で、たまらない気持ちなのだろう。上杉は鋭いのだ。和彦や若武の数倍も深く感じる。それが上杉本人を傷つけ、苛立《いらだ》たせているのだった。

「あのね、若武」

和彦は懸命に言葉を選び、訴える。

「上杉は、ずっと君と連絡を取ろうとしていたんだよ。すごく心配してたんだ。でも君はスマホ、切ってただろ。上杉は、どうすることもできなかったんだ。それで突然こんな状態を見せられたら、すごくショックだよ。何で助けられなかったんだろうって思ってるんだ。僕も同じ気持ちだよ。僕たちは仲間だろ。君を救えなかった僕たちの、悔《くや》しさをわかってよ」

若武は、その目から怒りの光を消した。そっと息をつき、静かに口を開く。

「スマホ切ってたのは、鳴ると困る状態がずっと続いてたからだ。ごめん、話すよ」

2

「ボート置き場で、あいつらを見張ってたら、警察がやってきて、全員、補導したんだ。俺も、とにかく来いって言われてさ」

若武は、パンダ模様になった目に不満げな光を浮かべる。

「で、本署で取り調べられたんだけど、俺は関係ないってことになって早々に帰された。だけど廊下のソファに座って様子を見てたんだ。警察がきちんと処理するかどうか心配になってさ。なぜって、現場に駆《か》けつけてきた警官が、鉄パイプ持って集まってる不良連中を見て、最初に何て言ったと思う。あ、亀田の坊ちゃん、だぜ」

上杉が、皮肉な笑みをもらした。

「そらぁ期待できんな。いやむしろ絶望的じゃね」

和彦も同感だった。

「だろ。そのうちに、やっぱ亀田組合長が駆けこんできて、警察署長と何やら話をして、不良連中は全員、そのまま帰された。あの感じだと、調書は取ってないと思う」

つまり地元の警察は、見て見ぬ振りをしたのだった。

「俺は、正義を愛する男だ。納得できん。このままにしといたら、また黒滝さんを襲う可能性だってあるんだしさ」

和彦は、ゾッとする。黒滝だけなら、おそらく誰にもやられはしないだろう。だが今、黒滝は詩帆子に関わっていた。もし詩帆子が危険にさらされれば、黒滝は彼女を守るために、どんなことでもやるだろう。たとえそれが自分の身を滅ぼすようなことであったとしても、躊躇《ちゅうちょ》しないに決まっていた。

「で、連中の跡をつけたんだ。こいつらなら、他でも絶対、何かやってるんじゃないかと思ってさ、そっちの方で動かぬ証拠を摑《つか》もうと考えたわけ」

和彦は、仏像の窃盗を思い起こす。確か、ネットで売ると言っていた。

「そしたら全員が廃油工場に入っていったんだ。門に、亀田廃油再生工場って看板が出てたから、漁業組合長の亀田か、その一族が経営する会社だと思う」

上杉がスマートフォンを出して検索する。画面を見つめたまま声を上げた。

「経営者は亀田光喜、つまり組合長本人だ。業務内容は、廃油の精製、カッコして、ガソリン以外の引火性の低い廃油って書いてある」

若武は肋骨《ろっこつ》に響かないようにそっと悔《くや》しげな息を吐いた。

「きっと連中の溜《た》まり場なんだろうと思ってさ、探ろうとして侵入したわけ。そんで見つかって、このざまだよ。いきなり取り囲みやがってさ。あそこは無法地帯だ、ちきしょうめ」

上杉が、眼鏡の向こうの目に静かな光をきらめかせる。

「警戒してんだよ。おそらく見られたくないものでも隠してあんだろ」

その言葉で和彦は、確信を強めた。

「盗んだ仏像を置いてあるんだ。ネットで売るらしい。この辺では仏像の盗難が頻発《ひんぱつ》してるって、亀田の妹も言ってたし」

若武がパチンと指を鳴らす。

「やっぱ、余罪ありだ」

言ったとたんに顔をゆがめ、胸を抱えこんだ。息も止まるほど痛かったらしい。派手に呼吸を乱しながら、それでもつぶやく。

「気づいた俺って、偉い」

これほどダメージを受けていても、自分を褒《ほ》めることだけは忘れない。いかにも若武らしくて和彦はおかしかったが、上杉はあきれ返った様子だった。

「おまえ、いっぺん死んでこい」

だが若武は気にも留《と》めず、何とか呼吸を整えて声をかすれさせながら続けた。

「逆襲《ぎゃくしゅう》するぞ。やられたまま引っこんでられるか。あの廃油工場を襲って、盗難にあった仏像を確認し、警察に通報するんだ。市警でダメなら、県警に直訴だ」

上杉が、ふっと真面目《まじめ》な表情になる。

「その逆襲って、誰がすんだよ」

若武は、当たり前のことを聞くなといったような顔で、指を三本立てた。

「ここにいるのは、三人だ。そのうち、俺は怪我人《けがにん》、小塚は運動神経がない」

立てた三本指の指の二つまでを折り、残った指先を上杉に向ける。

「となったら、栄《は》えある侵入者は上杉先生で決まりだろ。しっかりやってくれ」

上杉は、嫌《いや》な顔をした。

「俺、逆襲する必要、感じてねーけど」

若武は、軽く眉を上げる。

「そのエゴイズム、いったん捨てろ。これは世のため、人のためだ」

上杉は心底、脱力した目で、まじまじと若武を見た。おまえの人格を疑うと言わんばかりの眼《まな》差《ざし》だった。

「その『人のため』の『人』って、百%《パー》おまえ自身だろうが。誰がおまえのためになんか動くか」

若武は、痛みに顔をしかめながらも声を張り上げる。

「きさまっ、超、性格悪いな。ビビる気持ちはわかるが、俺も一緒に行くから安心しろ。なんてったってリーダーだからな。責任回避はせん」

上杉は、うんざりしたといった様子だった。

「だったら、おまえ一人で行けよ。俺はパスだ」

「怪我人の俺を、単身で敵地に向かわせるつもりか、この人面獣心」

またも、いつもの決裂パターンだった。和彦は息をつく。先ほど階段を駆《か》け下りてきた時の上杉の迫力は、半端《はんぱ》ではなかった。表情も緊迫し、まるで恋人のピンチを耳にしたかのような必死さがあった。相当、動揺し、また心配だったのだろう。それを素直に言わないから誤解を招くし、若武の方も、当たり前のように命令するから、上杉の反抗心に火がつく。

まったく二人とも手がつけられないと思いながら和彦は、とにかく自分が何とかするよりないと心に力を入れ直した。まず、どういう形に持っていけばいいのか、着地点を模索《もさく》する。

犯罪が行われていることを知ってしまった以上、それを明らかにし、二度と同じことが起きないようにするのが人間としての義務だった。警察が動いてくれそうもないとなると、自分たちでやるしかない。廃油工場で、犯罪の証拠を摑《つか》むのだ。

となると問題は、嫌がっている上杉だった。若武との決裂は性格の違いが原因だから、この場で指摘しても簡単に直るはずもなく、逆にムクれるだけだろう。若武の欠点を指摘して上杉を宥《なだ》めることはできるが、そうなると今度は若武が癇癪《かんしゃく》を起こし、混乱はいっそうひどくなるに決まっていた。

考えたあげく和彦は、上杉の意識を違う方向に向けるよりないと結論する。若武が発想したのは、報復《ほうふく》のための逆襲だった。その目的をそのままにし、動機だけ他のものに塗《ぬ》り替えるのだ。そうすれば着地点がブレずにすむ。

「不法行為を、放置しておいちゃいけないと思う」

そう言いながら和彦は、そっぽを向いている上杉を見た。

「地元の人間でない僕たちだからこそ、それができるのかもしれない。不良たちをこのままにしておくと、また黒滝さんを襲うかもしれないし、詩帆子さんに危害が及ぶことだって考えられるだろ。あの連中を捕まえようよ」

上杉は横を向いたまま、切れ長のその目をわずかに細める。

「それが二人のためだって言うのなら、やってもいいよ」

何とか無事に着地したようだった。和彦はほっとする。

「じゃ、決まりだね」

思わず声が上ずった。上杉が見透《みす》かすような目をこちらに向ける。ハメやがったなと言われている気がして和彦は息を詰《つ》めた。上杉は怒るかもしれない。そうしたら何もかもが振り出しに戻ってしまう。不安に思いながら見つめていると、上杉の眼差が、ふっと笑みを含《ふく》む。まぁいいやと言っていた。和彦は安堵《あんど》の息をもらす。

「廃油工場はこの近くだ」

上杉は、スマートフォンの画面に視線を落とした。

「だが住所的には隣の市だから、警察は別。ここの警察より、ちっとはましなことを期待するけどな」

その横顔は真剣だった。和彦は急に心配になる。相手は複数で、しかも高校生だった。できるだけの手を打っておかなければ、若武の二の舞を演じることになるかもしれない。

「僕も行くよ。役割分担をしよう。上杉は盗品を撮影するか、もしくは持ち出す。僕は、上杉の警護をする。絶対守るから」

上杉があわてた声を上げた。

「わかった。わかったから落ち着け。おまえの警護なんて、夏祭りの金魚すくいの網みたいなもんだ。むしろ、いない方が助かる」

だが和彦は、引く気になれなかった。自分なりにベストを尽くさなければ、後で後悔するという気持ちが大きい。

「大丈夫、足手まといにならないように気を付けるから」

上杉は黙って目を伏せた。納得したようではなく、諦《あきら》めたらしかった。和彦は説得しようとして言葉を重ねる。

「亀田陽香から情報収集をしとく。廃油工場の内部について調べてもらって、それで作戦を立てよう。彼女の携帯番号、取りに行ってくるね」

ドアに向かって踏み出した時、それまで狐《きつね》につままれたような顔をしていた若武が、やっと口を開いた。

「あのさぁ、さっきから訳わかんないんだけど。おまえたちの間のその妙な流れ、何なんだよ」

昨日から今日にかけて、調査は急展開した。その間ずっと離れていた若武が理解できないのは無理もない。

「よし、教えてつかわそう」

上杉が嬉々《きき》とした口調で切り出す。

「おまえが俺たちに内緒で動いてる間に、実は色々あったんだ。事件は、おまえ抜きですっかり解決し、君江も青い真珠も発見された」

若武は愕然《がくぜん》とし、口もきけない。上杉は、実に気持ちよさそうに笑った。

「真珠は、元の持ち主に戻り、君江の遺体は、所長室だ」

息を殺す若武を見ながら、和彦は部屋を出て受付に向かう。事態を吞《の》みこめずに顔を強張《こわば》らせている若武は、タイムスリップでもしてきた人間のようだった。和彦はおかしくてたまらず、一人でクスクス笑う。笑いをなかなか収められなくて、受付の小窓の向こうにいた事務員に首を傾《かし》げられた。

「すみません」

謝ってから、陽香が残していった携帯番号をもらう。玄関ホールの隅まで行き、かけてみた。呼び出し音が途切れると同時に、陽香の声がする。

「待ってたんだ。若武君、どうだった」

反応が早く、和彦の方がもたついた。

「命には別状《べつじょう》ないみたい。君が心配していたって伝えておくよ」

陽香は即答する。

「伝えなくていい。気があるって思われそうだから」

和彦は意外に思った。

「あれ、若武がタイプだって言ってなかったっけ」

軽い吐息が聞こえる。

「私、東京に憧《あこが》れてたからね。三人の中じゃ一番都会的なのは上杉君だけど、洗練されすぎてて、ついてけないから無理。だからといって、あんたじゃダサいしさ」

からかうような笑い交じりに言われると、怒る気にもなれなかった。苦笑しながら拝聴する。

「で、消去法で若武君だったわけ。でも今は違う。あんたと話してて、私、自分がいる場所のよさを少しわかった気がした。今まで見えてなかったものが、ちょっとだけ見えてきた感じ。東京もいいけど、もうそれだけじゃないんだ。それに気づかせてくれたあんたのこと、尊敬してるよ」

女の子から褒《ほ》められるのは滅多にないことで、和彦は、どう対応していいのかわからなかった。頭に言葉が一つも浮かんでこず、ただただスマートフォンを握りしめる。

「でもそれはともかく、私、このままにしとけないって思ってるんだ」

息遣いから、憤慨《ふんがい》している様子が伝わってきた。

「お兄ちゃんたち、どんどんひどくなってくもん。親父《おやじ》が自分の立場や面子《メンツ》にこだわって、お兄ちゃんたちの非行をモミ消して回ってるから、何やっても表沙汰《おもてざた》にならないんだ。それで調子に乗ってる。ちっとも反省しないしさ。誰かが一度、ぎゅっと締め上げないとダメだと思う」

話が移ったことも、その方向も、和彦にとっては幸いだった。協力を求めるのにベストの流れと判断し、思い切って打ち明ける。

「それ、僕たちがするよ」

陽香は、感極《かんきわ》まった声を出した。

「すご、超カッコいい。思いっきりやってよ。それが本人のためだもん」

目の前のフロアを、所員たちが横切っていく。和彦は背中を向け、片手で送話口を覆《おお》った。

「盗んだ仏像は、廃油工場の中に隠してあるみたいなんだ。工場内の見取り図がほしいんだけど、協力してもらえるかな」

意気ごんだ答が返ってくる。

「もちろんだよ。あそこって、お兄ちゃんたちの溜《た》まり場になってるんだ。二階に泊まれる部屋があってさ。私、工場の中はよくわかってるから、すぐ描いて送るよ。あ、今そっちに行って描こうか」

説明しながら描いてもらった方がわかりやすいはずだった。

「わかった。待ってるよ」

部屋の番号を伝えてから、ふと思いつく。

「亀田光一って、君のお祖父《じい》さんだよね。わりと早く亡くなったみたいだけど、死因は何だったの」

陽香は、戸惑った様子だった。

「聞いてみたことないけど、でも癌《がん》かもしんない。この間、母さんが、亀田の系統は皆、癌で死んでるから気をつけないとって親父と話してたから」

どうも自殺ではないらしい。上杉が言っていたように、多少は反省していたとすれば、それに関して何かを残しているかもしれなかった。

「家に、お祖父さんの遺品ってあるかな」

期待しながら返事を待つ。

「蔵の中に、たくさんあるよ。昔使ってた網や鉤鑿《かぎのみ》とかの仕事道具、それに本人の読んでた本が山ほど。ああ日記もある。一冊だけだけどね」

一瞬、息が止まった。日記には、日々の行動や心情、起こった出来事が書かれているだろう。事件の真実を吐露している可能性もある。この事件で初めての証拠品となるかもしれなかった。

和彦は、落ち着けと自分に言い聞かせ、逸《はや》る心を抑える。

「その日記」

まるで犯罪でも持ちかけるように、おずおずと尋《たず》ねた。

「僕に見せてくれること、できるかな」

あっさりとした答が聞こえる。

「いいよ。今、持ってく」

簡単すぎて、和彦の方が心配になった。

「持ち出しちゃいけないとか、言われてないの」

禁止令が出ていないとすれば、その中には大したことが書いてないのだ。よく考えてみれば、癌での病死なら、急死という訳ではない。自分にとって不利な記述のある日記を始末する時間くらいは、充分にあるはずだった。そうしなかったのは、その内容が無難なものだからだろう。

「親父は、家族中に言ってるよ、絶対読むなって。人に読ませてもいけないって。だから開《ひら》けないように、すごく頑丈《がんじょう》に梱包《こんぽう》してあるんだ。そんで毎年お盆になると蔵から出してきて、盆棚に祭って、お坊さんにお経上げてもらってる。もうすぐお盆だから、今朝、母さんが蔵で埃《ほこり》を払ってたとこ」

毎年、日記を供養《くよう》するというのは尋常《じんじょう》ではない。やはり何か重大なことが書かれているのかもしれなかった。

「私、親父を軽蔑してるから、言うことなんか聞かない。でも小塚君のことは、尊敬してるからね。日記、持っていくよ」

和彦は、自分の上に大きな重みが圧《の》しかかってくるのを感じた。ここで陽香に日記を持ち出させれば、その責任は和彦が持たねばならない。このことで陽香が辛《つら》い立場に立ったり、悲しい思いをしたりしないように守ってやらねばならないのだ。そんなことが自分にできるだろうか。和彦は不安に思いながら、それでも日記を見たい気持ちに引きずられた。

「じゃ、持ってきて」

3

すぐ若武の部屋に飛んでいく。ドアを開けると、若武は既《すで》に、呆然自失《ぼうぜんじしつ》状態から回復していた。それどころか自分が離脱していたことなどまるでなかったような、事件が解決したのは自分の指揮によるものであるかのような、大きな態度だった。

「小塚、ご苦労。廃油工場の内部はわかったか。この仏像盗難事件も、青い真珠事件と同様、さっさと片付けようぜ」

若武にすべてを説明した上杉は、飼い犬に手を嚙《か》まれた心境らしく、ひたすらボヤく。

「すべてが終わった頃になって現れて、一人で仕切《しき》る奴《やつ》って、よくいるよな」

悪巧《わるだく》みをする時以外、いつ、どんな状態でも対立しているこの二人の間に踏みこむ前に、和彦は、陽香について話しておかなければと思った。

「聞いてほしいことがあるんだ」

これまでの事情を話し、自分の力が足りなかった場合は、若武と上杉で陽香を保護してやってほしいと頼む。

「よし、リーダーの俺が引き受けた。どーんと任せろ」

若武が力をこめて言い、上杉も頷《うなず》いた。

「そういう日記なら、それだけして見る価値もあるよ」

賛同を取り付けて、和彦は安心する。二人が引き受けてくれれば完璧に陽香を守ることができるに違いなかった。

「そんじゃ彼女、ここに来るんだよな。準備しないと」

若武がゆっくりと立ち上がり、自分のナップザックからレポート用紙とシャープペンを出して机に置く。

「小塚、その辺、見苦しくないように片づけて。ゴミ箱の中身は、廊下のダストシュートに捨てといてよ。上杉は窓開けて、空気入れ替えて。あ、ベッドカバーの皺《しわ》もきれいに伸ばせ。おい、早くしろよ」

上杉は舌打ちし、窓辺に寄った。和彦も急いで動きまわり、やってくる陽香を気持ちよく迎えられるよう手を尽《つ》くす。

「誰にも読ませず、しかも毎年、供養してる日記って、ゾクゾクするほど怪しいじゃん」

若武が、澄んだその目にうれしそうな光をまたたかせた。

「そこからこの事件の証拠が出るといいな。俺たちのお手柄だ。仏像盗難事件の方も解決すれば、二冠王だぜ。絶対、新聞に載る」

心は、早くもそこに飛んでいるらしい。

「インタビューは、俺が受けるからな。写真を撮る時には、俺の後ろにおまえらが並ぶんだ」

上杉がケッと息を吐き、腕を組んで壁にもたれかかった。

「犯罪の証拠になるようなヤバいことが書いてある日記なら、普通、取っとかねーよ。さっさと始末すんに決まってっだろ」

和彦も当初、そう考えていた。だが陽香の話で、期待できるかもしれないと感じたのだった。

「わかんないのは、それを供養《くよう》してるってことだ。何かがあるんだろうが、謎だな」

ノックの音がし、陽香の声が響く。

「こんにちは、亀田です。小塚君、持ってきたよ」

ドアを開けにいこうとした和彦の胸の前に、若武が突《つ》っ支《か》い棒のように片腕を出した。

「待て、リーダーの俺が行く」

和彦は、動くと痛いのではないかと心配したが、後ろから上杉がシャツを引っぱって止めた。

「いいから、リーダーに任せとけよ」

皮肉な笑みを浮かべ、片目をつぶる。ドアを開ける音に続いて、廊下で陽香の悲鳴が上がった。若武は訳がわからなかったらしく、こちらを振り返る。

「え、なんで」

上杉が、はじけるように笑い出した。

「若武、おまえ、記憶細胞に問題アリだな。自分の顔の惨状、忘れてっだろ。この部屋、鏡ないし」

和彦は急いで廊下に出て、立ちつくしている陽香を部屋の中に迎え入れた。

「驚かせてごめん。来てくれて、ありがとう」

陽香は手に持っていた日記を差し出す。古い油紙で包まれ、その上から細く丈夫な括《くく》り紐《ひも》が幾《いく》重《え》にもかけられていて、いかにも秘密めいていた。和彦は緊張して受け取り、テーブルの上に置く。

「お兄ちゃんたちがやったんでしょ」

陽香は、眉根を寄せて若武を見た。

「ひどいね。ごめんなさい」

ブスッとしていた若武は、くせのない髪をサラッと乱して首を横に振り、気取った笑顔を作った。

「大したことないよ。それに君が謝ることじゃない。工場の内部図、描いてくれるんだって。ありがとう。俺たちの運命は、今や君のその図にかかっているといってもいいくらいなんだ。よろしく頼むぜ。あそこにどうぞ」

机と椅子を指差されて、陽香は歩み寄る。若武がものすごく頑張って、笑顔のままでその椅子を引いてやった。

「さ、描いてくれ。出入りできる所を忘れずに。窓とかもね」

陽香はシャープペンをノックし、まず大きな長方形を描いた。和彦たちは机の周りに集まり、その手元をのぞきこむ。

「これが工場の敷地を囲むフェンス。高さは、一m半くらい」

端の方に南北の記号を入れてから、線上の二ヵ所に出入り口を描く。

「門は、ここと、ここ。裏門の方は、誰も出入りしないから鍵がかけっ放し。表門は、その日の最後に工場を出る人が鍵をかけていく。明くる日に最初に来た人が開けるんだけど、うちの親父《おやじ》がすることが多いみたい」

和彦は、亀田が誰よりも早くから遅くまで働いている様子を想像した。社長自らそれほどしなければならないのは、経営が苦しいからだろう。亀田には今までよい印象を持っていなかったが、何だか気の毒な気がしないでもなかった。

「これが一階」

陽香は、フェンスの内側に大きな四角を描く。

「出入り口には、鍵がかかってる。内部は事務所と作業場に分かれていて、事務所の中には社長室がある。位置は、ここ。作業場の方には、いろんなタンクが並んでて、一番大きなのが原料タンク、ここだよ。そこから管がつながってる装置が、えっと四つあって、それぞれが別々の製品タンクにつながってる。このあたりからこの辺まで四つのタンクが並んでるんだ。窓は三方にあって、ここと、ここと、ここ。これで一階は終わり」

若武が机に突いた両手をゆっくりと上げ、前かがみになっていた上半身を、肋骨《ろっこつ》に響かないようにそろそろと立てる。

「従業員が出入りしたり作業したりする一階に、仏像を隠してある可能性は低いな。おそらく二階だ」

陽香は音を立ててレポート用紙をめくった。新しい紙面と向かい合い、まず大きな四角を描く。

「これが二階。上る階段は内と外の二つ。作業場からも、庭からも上がれるようになってるんだ。階段の位置はここと ここ。お兄ちゃんたちは、外の階段を使ってる。外から上ると、鍵のかかってるドアがあるんだけど、お兄ちゃんたちが出入りするようになって、壊《こわ》しちゃったみたい」

若武が上杉に目配せし、上杉が頷《うなず》いた。どうやら侵入路は決まったらしい。

「二階は二つに分かれてて、片方は畳《たたみ》の部屋。夜に勤務する人が寝る場所だよ。でも今は夜の仕事がないから、ほとんど使われてなくてお兄ちゃんたちが入り浸《びた》ってるんだ。もう片方は、大きな物置。工場で使う機械の部品とか、布団とかがしまってある。窓は、ここと ここの二ヵ所」

上杉が、切れ長の目に慎重な光をまたたかせた。

「工場の終了時間は、何時。あと、君の兄貴《アニキ》たちが出入りする時間帯は、いつ」

陽香は手を止め、顔を上げる。

「工場の方は、五時から六時くらいで終わる。お兄ちゃんたちの行動時間は、たいてい暗くなってからだよ。うちで夕飯食べてから、出てくもん」

上杉は冷笑した。

「夜行性か」

薄い唇が斜めに曲がり、いかにも皮肉で冷ややかな顔つきになる。

「不良《ヤンキー》の属性だな」

陽香はしかたなさそうに同意し、目をレポート用紙に戻した。兄の行動を批判しているものの、他人から不良と決めつけられると心が痛むのだろう。兄に愛情を持っているのに違いなく、兄の方も、家の中では優しいのかもしれなかった。

「よし」

若武が勢いよく言い、ゆっくりと姿勢を正して全員を見まわす。

「決行は今夜、五、六時から暗くなるまでの間だ。工場に人がいなくなるのを待って忍びこみ、亀田の兄貴たちがやってくる前に、仏像を捜し出して写真を撮る」

それならば、誰とも搗《か》ち合わない。もちろんバトルになることもないはずで、和彦は胸をなで下ろした。

「証拠として仏像を一体、持ち出そう。では役割を発表する。侵入は上杉」

若武は、陽香の描いた内部図に指を置く。

「この一m半のフェンスを、どこかで乗り越え、外部階段を使って二階に上がれ。俺は、正面門の前で見張り、かつ情報を送る。小塚は、上杉についていって補助と情報のキャッチ。スマホのメール、バイブにしとけ」

若武の指示は、いつもと同様キビキビしていた。それを聞きながら上杉は図面に視線を落とし、どうやって実行するかを考えている。その眼差《まなざし》はしだいに冴《さ》え、よく研《と》いだ刃物のように鋭くなった。自己の存在意義をかけて、これを成功させようと考えていることがはっきりと伝わってくる。

和彦は自分の非力さを思い、内心オロオロした。上杉についていくには一m半のフェンスを飛び越えなければならず、その自信がない。気力はあるのだが、運動能力がそれに応えてくれそうもなかった。考えた末、上杉に頼むしかないと結論する。

「上杉さぁ、僕がフェンスを越える時、手伝ってよ。その後は大丈夫だから」

上杉は、まいったといったように首を横に振った。

「おまえねぇ、一m半だぜ。自分の身長ソコソコなのに、何で越えられないんだ」

和彦は返事に困り、目を伏せる。

「その代わり、自分の体重より重い物まで持てたりするから」

こんな答では、きっと怒るだろうなと思っていると、案《あん》の定《じょう》、噛《か》みつくような叫びが飛んできた。

「代わりになってねーだろーがっ。俺一人でいい」

若武が人差し指を立て、メトロノームのようにチッチと振り動かす。

「ダメだ、小塚を連れてくんだ。世界のどの国でも、刑事は二人組と決まってる。一人じゃ、とっさに対応できないこともあるからだ。フェンス越えぐらい、手伝ってやれ」

上杉は、おもしろくなさそうに横を向いた。和彦は申し訳なく思ったが、どうすることもできない。できるだけ上杉に負担をかけないよう、全力でフェンスに立ち向かおうと自分に言いきかせた。

「亀田さんは、家で兄貴を見張っててくれないか。家を出たら、俺のスマホにメールほしいんだ」

陽香は元気よく頷《うなず》く。若武はスマートフォンで時刻を確認し、皆に時計を合わせるように命じると、自分のアドレスを陽香に送った後、タイマーをセットしてテーブルに置いた。

「あと三十分で始動する。工場前まで行って待機だ」

言い切って唇を尖《とが》らせ、そろりそろりと大きな息を吐く。ひと通りの采配《さいはい》を終えてほっとしたらしかったが、力のあるその目は、依然《いぜん》として強い光を放っていた。

「そんじゃ」

目いっぱいカッコをつけながら片手を銃の形にし、テーブルに載っている日記に狙《ねら》いを付ける。

「次は、あれだ」

若武がへたばったり、弱気になったり、怯《ひる》んだりしている姿を、和彦はこれまで一度も見たことがない。どんな時もエネルギッシュなその様子は、胸の中に際限なく湧《わ》き出すマグマを抱えているかのようだった。若武本人も時には自分の熱を扱いかねるらしく、とんでもないことをやらかして皆の顰蹙《ひんしゅく》をかう。だが和彦にとってはいつも驚異的で、痛快で魅力的だった。

「小塚、梱包《こんぽう》解《と》いて。制限時間アリだからな」

和彦はテーブルに歩み寄り、油紙にかかっている紐を解きにかかる。なかなかきつく、しかも独特の結び方だった。

「それ、漁師結びっていうんだ」

陽香が歩み寄ってきて、手を伸ばす。

「網とか舟とかをつなぐ時に使うやつ。たぶん親父がやったんだよ。私に任せて」

陽香は、いくつもの結び目を器用に解いていき、油紙を広げた。古い日記が現れる。包装紙で作ったブックカバーがかけられていた。

「でも私、読みたくない。なんか恐いもん」

和彦は日記を受け取り、最初のページを開く。三十年前の元旦の日付があり、そのページいっぱいに、リゾート開発計画がうまく進みますようにと書いてあった。それが光一の、新年の願いだったのだ。

「君江が行方不明になったのは、盆の十四日、それが発覚したのは翌日の十五日だ。その前後を読んでみろよ」

和彦はページを飛ばし、事件の起こった一ヵ月前で手を止める。いっこうに進まない開発計画に対する苦痛と悩みが、面々と書き連ねられていた。一人で反対している君江への恨みの言葉も、頻繁《ひんぱん》に出てくる。市役所開発課の高田が、計画の停滞《ていたい》について上司や助役から圧力をかけられており、精神的に追い詰《つ》められているという記述もあった。開発計画が進まなかったため、現場にいた光一や高田は、相当なストレスにさらされていたのだった。

その克明さに、和彦は胸を戦《おのの》かせる。三十年前、この地で繰《く》り広げられていた激しい葛藤《かっとう》を眼前にする思いだった。この様子なら、事件についても詳《くわ》しく書かれているに違いないと思いながら読み進める。

直前の十三日まで読み、いよいよ事件が起こった盂蘭盆会《うらぼんえ》の十四日を見ようとしてページをめくった。瞬間、思わず目を見開く。

そこにはたった一行、《今日は何もない日だった》と書かれているだけだった。君江の行方不明が知れ渡った翌十五日も、やはり一行で、《君江のことで警察が捜査を始めた》と記されているのみである。

それまで多出していた感情の描写がいきなり抜け落ち、事実と状況を書き留《と》めるだけのものになっていた。明らかな、しかも大きな変化で、その後しばらく同じような記述が続き、リゾート開発計画のスタートとともに再び感情のこもった文章に戻っている。

どう読んでも不自然だった。光一が君江の行方不明事件に関わっているのは間違いのないことのように思われたが、日記の書き方が変わったというだけでは、犯罪の証拠にはならない。

「犯罪についての記述は、全然ないよ」

和彦がそう言うと、若武が打ち返すように怒鳴った。

「そんなはずねーだろ」

駆《か》け寄ってきて日記をつかむ。直後に、胸を押さえてその場に蹲《うずくま》った。

「くっそ、痛ぇ」

その手から日記が落ち、斜めに床にぶつかる。拉《ひしゃ》げてブックカバーがはずれかけた。上杉がゆっくりと歩み寄り、床に放り出されている日記に手を伸ばす。

「これを厳重に保管し、かつ供養《くよう》してたってことは、やっぱ、この中に何かがあるってことじゃね。俺たちに見えてないだけだろ」

しゃがみこんでいた若武が、顔を上げた。

「わかった、炙《あぶ》り出しだ。ミカンの汁で書いてあるんだ」

上杉は、目の端で若武をにらみながら日記を摑《つか》み上げる。

「安っぽいミステリー、読み過ぎだろ」

日記にブックカバーをかけ直そうとして手を止め、溜《た》め息をついた。

「これ、壊れたぜ」

そう言いながらブックカバーを取り去り、表紙を摘《つま》んで日記をぶら下げる。日記はガクンと揺れ、表紙から背表紙までがひと繋《つな》がりになった。

「表紙の裏打ちの紙が、オシャカだ」

4

和彦は、目を覆《おお》いたくなる。父親にこれが知れたら陽香がどれほど怒られるかと考えると、薄い氷の上に立っているような気持ちだった。何とかしなければ。

「僕、直すよ」

上杉の手から日記を受け取る。裏打ちの紙を貼り合わせられるかどうか、様子を見ていて、ふと妙なことに気づいた。破れ目が、刃物で切ったように一直線になっている。

「上杉、これ、おかしいよね」

そばにいた上杉に見せると、上杉はすぐ反応した。

「元々、切ってあったんだな。それで日記がガタついたから、まとめるためにブックカバーをかけたんだ」

日記の裏側に目を走らせながら、皮肉な笑みを浮かべる。

「裏表紙の裏打ち紙の一部にも、切りこみが入ってるぜ。面白くなってきたじゃん。さてっと、何のために切ったのかな」

日記をテーブルに置き、胸ポケットから小さなペーパーナイフを出す。

「調べてみよう」

和彦は、あわてて止めた。

「手袋をした方がいいよ。これが犯罪の証拠なら、後で指紋を取ることになるかもしれない。待ってて」

急いで自分の部屋に戻り、ナップザックからビニール手袋を出す。全員分を持って若武の部屋に駆《か》けつけ、皆に配った。手袋をした上杉は、手術医のように両手を開いて体の前に掲げる。

「では、オペ開始」

ペーパーナイフを握ると、裏打ち紙が切れて露《あらわ》になっている背表紙の内側にその刃を置き、そこから先を裏表紙の裏打ち紙の切り口にもぐらせた。慎重に左右に動かしながら中を探る。

「お、やっぱ何か入ってる」

息を呑《の》む和彦たちの前で、上杉は巧みにナイフを使い、中にあるものを移動させて、その先を裏打ち紙の切り口からのぞかせた。紙の端のように見える。歩み寄ってきた若武が、和彦と上杉の間から顔を突き出した。

「なんだ、それ」

上杉のナイフに押され、少しずつ出てくるそれは、畳《たた》まれた紙だった。半ば以上が見えたところで、上杉が指で引き出す。横から奪い取ろうとした若武をかわし、開いて読み上げた。

「事件から五年が経《た》ち、私は病を得て余命は長くない。あの時は書けなかったことをこの覚書《おぼえがき》とし、事件当日のページに挟《はさ》んでおく」

その場の空気がざわっとした。これは、日記のページに挟まれていたのだ。誰かの手が、それをここに隠したということになる。

「リゾート開発計画が進まず、追いつめられた私と高田は、十四日、君江を眠らせて海に捨てることで合意した」

和彦は、隣にいた若武と顔を見合わせた。何一つ証拠のなかった三十年前の事件が、今ようやく明らかになる。今まで隠されてきた真実と、ここで向かい合うのだった。その重みに一瞬、体が震えた。

「夕方、これから君江に会いにいくという高田に、私が医者から処方されていた睡眠導入剤を渡した。すべては予定通りに進み、君江がいなくなったことでリゾート開発計画は順調なスタートを切った。しかし、胸をなで下ろしていられる時間は短かった。間もなく高田は、後悔に苛《さいな》まれるようになり、君江の顔が突然、目の前に浮かぶと私に訴え始めた。医者を紹介したものの治癒《ちゆ》せず、鬱《うつ》状態が高じ、自殺に至る。その後、リゾート開発計画は頓挫《とんざ》、私も癌《がん》に冒《おか》されていることがはっきりした。悪夢のような一連の出来事は、まるで君江の霊から復讐されているかのようだった。今も、そう感じる。すべての始まりとなった台風の来襲によるイケスの流出、あれこそは君江の怨念によるものだったのではないかと。病床であれこれと思い出せば、慚愧《ざんき》の念に堪《た》えない。なぜすべてを正しく運べなかったのか。どうして道を間違えてしまったのか。今さらの後悔は詮方《せんかた》ない。せめて息子光喜に、これを警察に提出するように遺言する」

上杉の声が途絶《とだ》えると、皆がいっせいに息をもらした。それは、今まで和彦たちが予想してきた通りの顚末《てんまつ》だった。だが生々しいその記述は、モノクロの世界が突如《とつじょ》としてフルカラーの色を帯《お》びて動き出したかのような衝撃を全員に与えたのだった。和彦は言葉がない。若武も、いつになく考え深げな顔つきだった。

「光喜は、この日記を警察に持ちこまなかったんだな。親の犯罪を公《おおやけ》にしたくなかったんだろう。だが、破棄《はき》する決心もつかなかった。何といっても遺言だからな。それで覚書をカバー裏に隠蔽《いんぺい》し、厳重に梱包《こんぽう》して、供養を続けてきたんだ」

和彦は覚書に視線を落とす。指紋を取れば、きっと光一と光喜のものが出てくるだろう。

「うちの親父《おやじ》」

陽香が大きな息をついた。

「これを知ってたから、詩帆子さんが当日、何かを目撃したに違いないと考えて、入院させようとしたんだ。詩帆子さんがしゃべれるようになるのを、恐れてたんだよ」

父親に対する反感をいっそう強める陽香を、和彦はなだめようとして口を開く。

「君のお父さんは、犯罪を告白して死んだ父親を持ったんだよ。それがどういうことか、わかるかい。自分のしたことでもないのに、その重圧がのしかかってきて、そこから逃れられないってことだよ」

陽香は、目を見開いてこちらを見た。まるで知らない国の言葉でも聞いているかのようだった。

「きっと色々と悩んだと思うよ。その選択が正しかったかどうかは別にして、誰にも相談できずに孤独だっただろうし、いつ発覚するかもしれないという不安も抱えていただろう。心から寛《くつろ》げる日は、一日もなかったと思う。君が生まれるずっと前から今日まで二十五年間、お父さんは、そういう状態で生きてきたんだ」

見開かれた陽香の目の中に驚きが生まれ、大きく広がっていく。それは、ごく身近にいた人間の心を、自分が今まで少しもわかっていなかったことに気づいた驚きだった。

「気の毒だったと思うよ。そんなお父さんを持った君も、だけどね」

陽香は目を伏せ、黙りこむ。心に入ってきたものを整理し、考える時間が必要なのだ。励ましの気持ちをこめて見つめながら和彦は、自分の父を思った。ここに来て豊かな自然に包まれるまで、自分もまた父の気持ちをわかっていなかった。家族を理解するのは、意外に難《むずか》しいことなのかもしれない。

「おい」

上杉が覚書をテーブルに置いて和彦の腕をつかみ上げ、部屋の隅まで引っぱっていく。和彦を壁に押しつけて立たせると、自分はその前に立ちふさがり、陽香や若武に背を向けて声をひそめた。

「この先、どうするよ」

言葉の意味がわからず、和彦は返事ができない。上杉はじれったそうに唇をすぼめ、チッと音を立てた。

「若武は、新聞に載りたい一心だぜ。この日記を警察に持ちこむって言い出すに決まってるじゃないか」

恐ろしいひと言だった。今そんなことをしたら、日記を持ち出した陽香と父親の関係は破綻《はたん》しかねない。その責任は、和彦が取るよりないのだった。もちろん覚悟はできている。だが実際問題として、壊れた親子関係を他人の和彦が修復することなどできるのだろうか。上杉の肩越しに目をやれば、若武はもう陽香のすぐそばまで歩み寄っていた。

「で、さ」

見るからに上機嫌で、活力に満ちている。

「この日記だけど、どうしようか。俺はさ、三十年前のことでも、いちおう殺人事件だから、警察に提出するべきだと思うんだ」

和彦は心臓が縮み上がるような気がした。若武は親しげな笑みを浮かべ、じっと陽香を見つめている。

「お祖父さんだって、それを望んで遺言した訳だろ」

その眼差《まなざし》は熱っぽく、艶《つや》やかな輝きを浮かべていた。若武が話術で相手を丸めこもうとする時には、いつもそんな目つきになるのだった。

「後悔し、思いつめて死んでいったお祖父さんの最後の願いを、叶《かな》えてあげるべきだと思うよ」

上杉が溜《た》め息のようにつぶやく。

「さぁ若武劇場の開幕だぞ」

和彦は、真面《まとも》に見ていられない。目を伏せて心で祈った。どうか若武が自分の野望を捨て、陽香の幸せを第一に考えてくれるようにと。

「本当にしなくちゃいけないのは、毎年、供養することなんかじゃない」

若武の声に、ひと際《きわ》力がこもる。

「お祖父さんの遺言を実行することなんだ」

思わず目を上げて和彦は、陽香が押し流されるように頷《うなず》くのを見た。もう半ば以上、若武の術中にある。持てる力のすべてを注《そそ》ぎこんで若武は陽香の心を捕らえ、そこに自分の意思を染めつけようとしていた。

「それができるのは、陽香さん、君だけなんだよ」

若武の目の奥で、決定打を放った喜びがきらめく。

「俺も一緒に警察に行って、事情を説明してあげるよ。だから、行こ」

呑《の》みこまれそうになっている陽香を引き止めようとして、和彦は声を上げかけた。瞬間、テーブルで、先ほどセットしたスマートフォンが鳴り出す。若武は一瞬、気を取られた。その隙《すき》をついて上杉が歩み寄る。日記と覚書、ブックカバーを摑《つか》み上げ、手早く油紙に包《くる》むと、その上に括《くく》り紐《ひも》を載せ、肩で若武を押し退《の》けて陽香の前に立った。

「どうもありがと。これは返す。紐は、君しか元通りにできないから頼むよ。今後どうするかは、君の気持ち次第《しだい》だ。このまま元通りに蔵に戻してもいいし、あるいは思い切ってお父さんと話し合って決めてもいいし」

若武が大声を上げる。

「上杉、勝手なこと言うな。リーダーは俺だぞ。これは俺たちが追ってきた事件の大事な証拠なんだ。指紋だって取れるようにしてあるじゃん」

上杉はそれをまったく無視し、和彦を振り返った。

「いいよな」

和彦は素早く、しかも何度も頷く。上杉は勝ち誇って若武に向き直った。

「賛成二票。おまえの意見は、却下《きゃっか》」

啞然《あぜん》とする若武を尻目に、陽香を促《うなが》す。

「さ、行って。俺たちは、廃油工場に出発するから」

陽香は日記を受け取り、深く頭を下げた。

「親父と、話してみる」

ゆっくりと上げたその顔に、涙があった。

「私に決める時間をくれて、ありがとう。これ、持ってきてよかった。こういうことがなかったら、私、親父と話そうなんて思いもしなかったし」

透明な涙を見ながら和彦は思った。もしかしてこの話し合いをきっかけに、父娘の関係はよくなるのかもしれないと。

「いやぁ君がよく考えて決めるのは、当然のことだからさ」

若武がさっきまでの態度をかなぐり捨てて、上杉の体の前に入りこんで陽香と向き合う。

「お父さんとしっかり話し合うといいよ、親子なんだからね。俺たちも、君の役に立てて心からうれしい」

陽香は日記を抱きしめたまま頭を垂《た》れ、若武の胸に額を押し当てた。

「ありがとう」

その頭に若武は手を載せ、そっと髪をなでる。上杉は和彦のそばまで後退《あとずさ》ってきて、あきれたような息をついた。

「やっぱ、あいつ、最後は全部持ってくよな」

癪《しゃく》にさわるといった口調だったが、その響きの中には奇妙な安心感が交じっていた。最後はここにたどり着くのが、自分たちらしいと思っているのかもしれない。和彦は微笑んだ。

「そりゃ若武だもん」

5

「二冠王は、あきらめた」

廃油工場のフェンスの前で、若武は工場を見上げ、拳《こぶし》を握りしめる。

「だが仏像盗難事件は、絶対にいただく。上杉、小塚、やり損なうんじゃないぞ。これで新聞に載るんだ。テレビにも出る」

上杉は、さっきから工場内に点《つ》いている明かりを気にしていた。

「いったい、いつになったら無人になるんだ。このままじゃ兄貴たちが来ちまうぜ」

若武のポケットで、スマートフォンがメールの着信音を鳴らす。取り出して画面を見た若武が舌打ちした。

「兄貴が家を出たってさ」

上杉が、ほら見たことかといったように顔をしかめる。

「だろ。どうすんだよ」

若武は、なお画面から目を放さない。

「工場内で作業しているのは、光喜だけらしい。今日は臨時の回収があって、朝までに廃油八千リットルを処理しなくちゃならないから徹夜だって」

てんでついてないと和彦は思う。こちらが忍びこもうという夜に、事もあろうに臨時の仕事が入るとは。

「出直そうか」

そう提案すると、若武はきっぱりと首を横に振った。

「いや、工場にいるのは光喜一人だ。内部では精製の音もしているだろうし、こっそり二階に上がれば問題ない。さ、早くしろ。兄貴たちが来るぞ」

追い立てられて上杉は、しかたなさそうに和彦の前にしゃがみこんだ。

「乗れ」

和彦は、その両肩に跨《また》がる。直後、いきなり上杉が立ち上がったので、危《あや》うく後ろに引っくり返るところだった。若武が支えてくれなかったら、上杉の背中に逆《さか》さ吊《づ》りになっていただろう。

「俺の上で遊んでんじゃねーよ」

不愉快そうに言いながら上杉は、フェンスのそばまで行って立ち止まる。

「早くしろ」

和彦は手を伸ばして柵をつかみ、自分を励ましながら何とかその上に移動した。思い切って敷地内に飛び降りる。着地してほっとしていると、フェンスを飛び越えてきた上杉が、すぐ脇に降り立った。あざやかな身のこなしに、和彦は感心する。

「すごい、上杉、鳥みたいだね」

上杉は声をひそめ、チュンとつぶやいた。上杉にとって、鳥というのはスズメのことらしい。

「行くぞ」

足音を忍ばせて立ち木のある庭を横切り、窓から漏《も》れる明かりを避《よ》けてしゃがみながら、外灯に照らされている外階段を上った。階段の突き当たりにあるアルミのドアを開ける。

「小塚、明かり」

上杉が差し出した手に、ズボンのポケットに入れてきた強力なペンライトを載せた。陽香の描いた図面通り、左手に宿泊用と思われる部屋がある。そのドアの向こうは畳敷きだった。土足で踏みこんでいるらしく、夥《おびただ》しい靴跡が残っている。上杉が下唇を尖《とが》らせた。

「マナー、最っ低だな」

押し入れなどの収納スペースはない。念のために片隅にある洗面所の中も確認した。

「ここじゃねーや」

元通りにドアを閉め、廊下を進んで突き当たりの物置の引き戸を開ける。湿った空気と黴《かび》の臭いが鼻をついた。上杉がペンライトの先を上げる。丸い光の輪の中に、積み上げられた布団や部品の箱が浮かび上がった。明かりを移動させ、隈《くま》なく照らしてみるもののそれら以外には何もない。

「ねーって、アリか。ねーだろ。小塚、持ってろ」

上杉は、苛立《いらだ》たしげにペンライトを和彦に押しつけ、布団の山に手をかけた。両手で抱え、和彦の足元に放り出していく。三組目を移動させたとたん、そこから何かが転げ落ちてきた。見れば、金色の光背《こうはい》を背負った阿弥陀如来《あみだにょらい》だった。

「やった。小塚、ペンライトそこに置いといて手伝え」

二人で、布団を全部移動させる。千手観音や愛染明王《あいぜんみょうおう》、弥勒菩薩《みろくぼさつ》など全部で七、八体が見つかった。どれも年代を感じさせるもので、穏やかな表情をしている。

「俺、照らしてるから、おまえ撮って」

上杉に言われて、和彦はスマートフォンを出し、並べた仏像を撮影した。

「よし次にかかるぞ。証拠品、押収だ」

一番端にあった半跏思惟《はんかしい》の仏像に手をかけた上杉は、信じられないといったような表情になる。

「メチャ重ぇ。上がんねーぜ。一番軽そうなのにしよう」

和彦のスマートフォンが震え出し、画面に若武からのメールが浮かんだ。

「チャリ集団が接近中。早く引き上げろ」

和彦はスマートフォンをポケットにねじこみ、仏像を見繕《みつくろ》っている上杉の脇から両手を伸ばした。先ほど上杉があきらめた半跏思惟像を引き寄せる。

「急ごう。もうすぐ連中が到着するって」

いったん膝の高さまで持ち上げ、そこで力を入れ直して一気に肩まで担《かつ》ぎ上げた。両手で押さえていないとグラグラする。ここで落としてなるかと思いながら和彦は、ライトを持っている上杉を振り返った。

「悪いけど、布団戻して引き戸閉めて。それから廊下、照らしてほしい」

棒立ちになっていた上杉は、あわてて布団を元通りに収め、戸を閉めて先に立った。

「おまえ、ほんとはターミネーターか」

急ぎ足で廊下を通り抜け、二人で階段を駆《か》け降りる。地面までたどりついて、和彦は胸をなで下ろした。担いでいた仏像を置こうとした瞬間、鼻に刺激臭が流れこむ。ガソリンの臭いだった。上杉も眉根を寄せる。

「おかしいな。なんでガソリンの臭いすんだろ。この会社について調べた時、業務はガソリン以外の、引火性の低い廃油の精製って書いてあったぜ。時々は、ガソリンの廃油も精製してるとか、か」

和彦は、先日の化学の授業を思い出す。

「それはないよ。引火性の低い廃油を扱う工場の精製ラインには、ガソリン処理能力がないんだ。ガソリンの廃油を精製するには、特殊な遠心分離機が必要になる。密閉されてるヤツだよ。それがないとできないんだ。密閉されていない、つまり普通の遠心分離機を使うと、スラッジ除去中に気化したガソリンが漏《も》れ出すから爆発の危険がある」

上杉は、ひどく真面目《まじめ》な顔つきになった。

「あのさぁ、この臭いって、マジ、それやってるっぽくね」

フェンスの向こうから、いくつものライトが近づいてくる。相次いでブレーキ音が響いた。上杉が腕を伸ばし、和彦の肩を引き寄せる。

「隠れるぞ」

一緒に植えこみに走り、潜《もぐ》って屈《かが》みこんだ。フェンスをよじ上る音がし、目の前に大きなスニーカーが次々と飛び降りてくる。いかにも高校生の足で、和彦の一・五倍はありそうだった。

「今日は、作業場に親父《おやじ》がおるんやけど、別に構《かま》へんで。どうせなんも言わへんし」

陽香の兄の声を聞きながら、上杉がささやく。

「このまま遣過《やりす》ごそう」

息を潜《ひそ》めていると、高校生たちはドヤドヤと階段を上っていった。十数人ほどいる。その姿が完全にドアの向こうに消えるのを待って、立ち上がった。和彦はようやく肩から仏像を下ろし、文字通り、肩の荷が下りた気分だった。

「おい、バイブ鳴ってんぞ」

上杉に言われ、あわててスマートフォンを出してみる。若武からメッセージが届いていた。

「今、工場前にタクシーが着いて、そこから黒滝さんが降りてきた。恐ろしく深刻な顔してたけど、何だろ。亀田光喜が迎えに出て、二人で中に入っていったとこ」

和彦は、それを上杉に差し出す。上杉はさっと目を通した。

「きっと研究所の今後について交渉にきたんだ。自分が何とかするって言ってたじゃん。亀田ん家《ち》に行ったら、ここだって言われたんだろ。おそらく死闘覚悟だぜ。亀田は一度、黒滝さんを強請《ゆす》ってるし、黒滝さんの方は事件の全貌を知っている。こんな夜に二人きりで会ってたら、話の転《ころ》び方次第《しだい》じゃ相当ヤバくなるだろ。黒滝さん、遺書くらい書いてきてるかもしんないな」

瞬間、背後で大きな声が響く。

「おいこらぁ、何しとんや」

和彦が振り返るのと、その目の前に、フェンスを飛び越えてきた大きな足がいくつも着地するのが同時だった。

「のぅら中坊のくせん、俺らん獲物、掠《かす》めんのか」

数人の高校生が、ゆっくりと近寄ってくる。和彦はうろたえた。二階に上がっていったメンバー以外が、後からやってこようとは思ってもみなかった。

「ええ度胸やんかぁ」

一人が上杉のそばに寄り、片手を伸ばして肩を抱く。

「当然、覚悟はできとるんやろな」

腕に力を入れ、上杉を引き寄せるなりその腹に膝を蹴《け》りこんだ。上杉はうめいて前かがみになり、眼鏡を落とす。脇にいた一人がそれを踏みつけ、もう一方の足で上杉の顔を蹴りあげた。和彦は思わず声を上げる。

「何すんだ」

誰かがそれを真似《まね》した。どっと笑い声が上がる。

「のぅも、お揃《そろ》いにしたろか」

後ろから伸びてきた手に髪を摑《つか》み上げられ、和彦は仰《の》け反《ぞ》った。瞬間、胃に拳が食いこみ、続いて顎《あご》を殴《なぐ》り上げられる。髪をつかんでいた手が離れ、和彦は重心を失ってそのまま後ろに倒れた。何かに頭をぶつけたような気がしたが、衝撃の方が大きく痛みはない。むしろ気持ちは、楽になっていた。

和彦は、他人を殴ることができない。だが殴られることはできる。上杉と一緒に殴られていれば、友だちでいられる気がした。

「大丈夫か」

目を開けると、上杉が片膝を突いてこちらを見おろしていた。薄いその唇から口角にかけて切れ、血が滴《したた》っている。

「上杉、血出てるよ」

上杉はちょっと笑い、手の甲で唇を拭った。

「くっそ、マイルドヤンキーが調子に乗りやがって」

高校生の一人が歩み寄ってきて、上杉の胸元をつかみ寄せ、吊《つ》り上げるように立ち上がらせる。

「のぅ、も一回、言うてみよや」

その顔に向かって、上杉が唾棄した。高校生の中から笑いが起こる。

「お、そいつ、生意気やん」

「マジ、ボコったれや」

上杉の胸元をつかんでいた高校生は、その手を絞《しぼ》り上げながら、固めた拳《こぶし》を肩の高さに振り上げた。和彦は体を硬くする。力のこもったそれが上杉を襲うのと、飛んできた植木鉢が高校生の後頭部を直撃するのが同時だった。高校生は拳を開き、泳ぐように手を伸ばしながらその場に倒れこむ。何が起きたのか、一瞬、誰にもわからなかった。

見物していた高校生たちは挙措《きょそ》を失い、あたふたとあたりを見まわす。殴打を免《まぬが》れた上杉も、大きな息をつきながら目を配った。体を硬くしていた和彦も同様である。

皆が言葉を失っているそこに、フェンスを乗り越えて飛びこんできたのは、若武だった。重ねた植木鉢を小脇に抱え、地面に降り立って敢然《かんぜん》と言い放つ。

「俺にしたことは、許してやってもいい。だが、俺の子分《こぶん》に手を出すのは許さん」

上杉の怒声が飛んだ。

「誰が子分だ、ふざけんなっ」

詰《つ》め寄ろうとするその肩に、和彦はあわてて飛びつく。

「上杉、抑《おさ》えて。せっかく助けにきてくれたんだから、ここは穏便に」

若武は抱えていた植木鉢を地面に並べ、一番端にいる高校生を指差した。

「そっちから順番にいく。俺、いちおトップ下だからな。絶対、外《はず》さねーから覚悟しろ」
二、三歩後ろに下がり、勢いを付けて植木鉢を蹴《け》り飛ばす。植木鉢は空《くう》を切り、端にいた高校生の顔を直撃した。すかさず若武は次の植木鉢に足をかけ、今度は角度を付けて蹴る。カーブを描いて飛んだ植木鉢は、隣の高校生の頭を強打、そこで跳《は》ね返り、後ろにいた高校生の顎《あご》を打ちのめした。和彦はハラハラする。
「肋《あばら》、痛くないのかな」

上杉が、忌々《いまいま》しそうに鼻をならした。

「燃焼性血液体質だからな。脳内麻薬、出てんだろ。βエンドルフィンなら、モルヒネの数倍の鎮痛効果がある。見ろよ、あの得意げな顔」

確かに、水を得た魚のように生き生きしていた。上杉は、悔《くや》しそうに片目を細める。

「きっと気分、最高なんだぜ。こんな派手な目立ち方、滅多《めった》にできんからな。あいつの一人舞台を用意してやったようなもんだ。くっそ」

立て続けに四つの植木鉢を蹴り飛ばし、若武は最後の一つに足をかける。立っている高校生は、もう一人だけだった。ひと際背が高く、横幅もある。

「おまえさぁ、逃げてもいいぜ」

余裕を見せる若武の前で、高校生はスマートフォンを出した。それに向かって噛《か》みつくように怒鳴る。

「何しとんや。ちゃっちゃと出てこんかい」

工場の二階が騒がしくなった。和彦は、先ほど上っていった高校生の数を考え、上杉の二の腕を摑《つか》み寄せる。

「まずいよ。人数が多すぎる。どうしよ」

上杉はまいったといったような目で、植木鉢を蹴りかけている若武を見た。

「ま、取りあえず、若武に最後の一人を片づけてもらおう」

若武は左足を軸にし、右足を蹴り出してその足の甲で植木鉢を捕らえる。まさに打とうとしたその瞬間、軸足の膝がカクンと折れ、その場に転倒しかけた。

「ああ馬鹿、何やってんだ」

上杉は頭を抱えこまんばかり、和彦も喉が詰《つ》まる。高校生はすぐさま駆《か》けより、立ち上がりかけている若武の顎《あご》を蹴り上げた。体の小さな若武はそのまま後方に飛ばされ、背中をフェンスに打ちつける。高校生は歩み寄り、両膝を地面についている若武の首を鷲摑《わしづか》みにすると、そのまま引きずってフェンスの上部に後頭部を叩《たた》きつけた。鈍《にぶ》い音がし、若武は崩れ落ちるように地面に横たわる。高校生は、その上に馬乗りになった。

「中坊、ようやってくれたなぁ」

高々と上がった拳に、後ろから上杉が飛びつき、和彦を振り返る。

「小塚、警察に電話しろ」

和彦はポケットからスマートフォンを出した。だが、いいのだろうか。亀田たちは親の了解を取って入ったと言い訳ができるが、和彦たちは完全に不法侵入だった。

「早くっ。若武が死ぬっ」

あわててスマートフォンをタップする。とたん、明かりの灯《とも》っていた工場の窓が音を立てて開いた。

「何しとんねん」

亀田光喜が顔を出す。後方に小さく、黒滝の顔も見えた。

「人げん庭で暴れとんなよ。こっちゃぁ真剣な話し中や。煩《うるそ》うてかなわへん。はよ帰らんかれ」

言い捨てて窓を閉める。直後、それが再び開き、黒滝が身を乗り出した。

「小塚君じゃないか。どうした」

地獄で仏に会ったようだった。和彦は窓辺に走り寄ろうとする。後ろから声がした。

「へぇ、のぅもおったんか」

振り返れば、若武に跨《また》がっていた高校生が腰を上げるところだった。その目は、真っすぐ黒滝を見すえている。

「ちょうどええわ。今夜は俺ら、フルメンバーやでなぁ」

薄《うす》ら笑いを浮かべながら外階段の方に視線を上げた。二階に上っていった亀田たちが全員、そこに姿を現していた。

「二度の借り、まとめて返したるわ」

言い放って笑いを消し、自分の周りにしゃがみこんでいる仲間たちをにらみ回した。

「いつまで寝とんや。とっとと立たんかれ」

全員が立ち上がるのを待ち、黒滝に正面を向ける。気合を入れるように叫んだ。

「おらぁ、出てこんかれ」

黒滝は手を窓辺に置き、それを飛び越えて庭に降りる。高校生の動きを警戒しながら和彦に歩み寄り、全身に目を配った。

「大丈夫か」

和彦は、力をこめて答える。

「はい、大丈夫です」

黒滝は笑みを浮かべ、こちらに片手を伸ばした。大きなその掌《てのひら》で和彦の頬を包みこみ、あやすように叩く。それだけで和彦は力づけられ、励まされた。胸がいっぱいになり、何だかその手に頬をすりつけたくなる。

「黒滝さん、若武を診《み》てやってください」

上杉に言われて、黒滝は転がっている若武に近寄り、首筋に手を当てて様子をうかがった。肩越しに和彦がのぞきこんでいると、若武は目を開け、顔をしかめる。

「俺の面《つら》、またひどくなったかな」

黒滝は、その目の中を注意深く観察し、さらに下瞼《したまぶた》をめくって見てから、若武の手を体の上で組み合わせ、元気を出せといったように両の手首を強く握りしめた。

「いい顔だよ。男らしいぜ」

そう言いながら立ち上がり、高校生に向き直る。その目に怒りがあった。

「今日は、鉄パイプはないのか。それじゃおまえらの負けだな。気の毒に」

高校生は鼻で笑う。

「どいらい口たたけんのも、今のうちだけやど」

腕を鳴らすように曲げたり伸ばしたりしながら、外階段を振り仰いだ。

「のぅら、ちゃっちゃと降りてこんかれ」

亀田たちは、いっせいに階段を走り降りる。重い足音が庭に響き渡った。そこから一筋の光が窓の方に流れるのを、和彦は見ていた。まるで人魂《ひとだま》のようだと思ったとたん、工場内で爆音が上がる。窓が次々とはじけ飛び、ガラスの破片の交じった熱風が噴き出して和彦の体に吹きつけた。高校生が悲鳴を上げ、相次《あいつ》いで階段から墜落する。啞然《あぜん》としている和彦に、黒滝が飛びついてきて胸の中に抱えこんだ。

「動くな」

脇にいた上杉に手を伸ばして引きずり寄せ、足を掬《すく》って和彦と一緒に若武の体に重ねると、上から覆《おお》いかぶさる。

「ちょっと我慢してろ」

爆音は止まらず、地面を揺るがせて立て続けに轟《とどろ》く。あたりの空気は火を噴きそうに熱くなり、息をするたびにそれが肺の中に流れこんで胸を焼き焦《こ》がした。身じろぎしながら和彦は、ありとあらゆるものが飛んできて黒滝の後頭部や背中を打ち、突き刺さるのを見ていた。

工場の中から巨大な火柱が一気に立ち上がり、それが屋根を吹き飛ばす。あたりは昼間のように明るくなり、熱風が渦を巻いて吹き荒れた。和彦は呼吸ができず、覆いかぶさっている黒滝の大きな体にしがみつきながら意識が遠くなる。耳に、声が聞こえた気がした。

「君たちに出会えて、楽しかったよ」

終章

工場の爆発は、三㎞先の民家の窓ガラスまで割るほどの激しさで、被害総額は二十億に上るという大惨事となった。亀田光喜は会社の収入を伸ばすために、廃油ガソリンの精製を引き受け、引火性の低い廃油しか扱えない精製ラインに、そのガソリンを流したのだった。気化したガソリンが遠心分離機から漏《も》れ出していたところに、開いた窓から酸素が入りこんで交じり、階段を駆《か》け降りてきた高校生の着衣に生じた静電気が引火しての大爆発だった。

「どうしておまえたちが、包帯程度ですんでんだ」

入院した病室で、若武は不満タラタラだった。

「なんで俺だけ、重傷なんだよ」

隣のベッドで上杉が、ここぞとばかりに言ってのける。

「そりゃ、日頃の行いが悪いからだろ」

二人の言い争いを聞きながら和彦は、窓際のベッドから外を見おろした。緑の海が一面に広がり、その中に点在する島々と養殖の筏《いかだ》が見渡せる。伊勢志摩は美しい。

「しかも」

若武の声に、恨《うら》めしさがこもった。

「盗品の仏像は、すべて焼失。それを撮影したスマホも壊れてオシャカ。たった一体だけ持ち出した仏像も、救急隊と消防署員と警官が現場を出入りした結果、行方不明って、いったい何なんだ。せっかく発見した証拠が一つもなくなっちまったら、俺たちの努力と手柄はどうなるんだ。新聞のインタビューになんて答えるんだ。テレビには」

無念のあまり若武は声を詰《つ》まらせ、咳《せ》きこんで点滴台を揺らした。上杉が手を伸ばしてそれを押さえる。

「興奮すんなよ。無駄《むだ》にアドレナリン出してると、治りが悪くなっぞ。安心しな。新聞もテレビも、どうせ来やしないから。今後の展開としては、この爆発現場にいたことについて不良連中が事情聴取されてるうちに、ポロッと仏像窃盗をモラし、警察が色めき立つってパターンだな」

若武は舌打ちし、不貞腐《ふてくさ》れて壁の方に寝返りを打った。

「おまえたちが、きちんとやらないからだ」

上杉は眉を上げただけで聞き流し、和彦に目を向けた。

「さっき廊下で、亀田陽香に会ったよ。父親の見舞いに来たらしい。後日、警察の取り調べがあると言われて、亀田光喜は重傷の体で病院から逃げ出そうとしたんだって」

若武が向こうを向いたまま、黙っていられないといったような声を上げる。

「たぶん業務上過失致死傷に消防法違反、廃棄物処理法違反、それから労働安全衛生法違反もつくだろうから実刑だ。加えて被害者から民事裁判を起こされる。賠償金は巨額になるだろうな」

上杉は、ちらっと若武の背中を見た。

「それだけじゃなくて、これがきっかけで漁業組合の金に手を付けていたのがバレるんじゃないかって、青くなってるらしい」

若武は、あきれたような顔で振り返る。

「それで漁業組合の経営、苦しかったのか。研究所を整理して穴埋めをしようって思ってたんだな。業務上横領罪もつくぜ。刑法二五三条、十年以下の懲役だ。全部合わせた量刑、いったい何年になんだよ。とんでもない奴《やつ》だな」

驚嘆のこもった声を、上杉が笑い飛ばす。

「廃油工場の経営が苦しかったんだろうけど、まぁ一筋縄《ひとすじなわ》ではいかない親父《おやじ》だったたってことだな。でも陽香が、この際、膿《うみ》は全部出した方がいいって直言したらしい。この町の人が全員、親父を見捨てても、私と母さんだけは絶対、見捨てないからって言ったら、シュンとしてたって。兄貴の方も、つるんでた友だちを失ってショックを受けてるって話。これから母さんと自分で、二人を支えながら償わせるって言ってた。結構しっかりしてる」

そう言いながら思い出すような目つきになった。

「女って、まぶしいくらいきれいに見える時、あるよな」

若武が、羽根布団を抱きしめながら片肘《かたひじ》を突いて体を半ば起こし、こちらに向き直る。いささか悔《くや》しそうにつぶやいた。

「そして俺たちは、砂糖に群がるアリみたいに惹《ひ》き寄せられるんだ」

上杉は苦笑し、和彦の方に向きを変える。

「さっき集中治療室《ICU》、行ってきたんだろ。黒滝さん、今日はどんな様子だ。少しはよくなってたか」

若武が羽根布団を抱いたまま、ゴロンと横になった。

「あの人は不死身だ。どんなひどい怪我《けが》からだって絶対、復活するって」

和彦は、天井に目を上げる。

「もうICUには、いなかった」

上杉と若武が、布団を跳《は》ね上げるようにして身を起こした。

「退院したのか」

「すげぇ早っ」

和彦は、二人に向き直る。

「退院だったら、いいんだけどね」

黒滝のいた治療室が片づけられ、がらんとして誰もいなくなっているのを見た時のショックは、忘れられない。最悪の事態を予想し、体中が凍りついて身動きもできなかった。

「おい小塚、何だよ、その妙な顔」

若武がそこまで言い、その後を叫ぶように続ける。

「おまえ、何か隠してるな」

上杉の鋭い声が重なる。

「よく考えたら、ＩＣＵから、いきなり退院って、ありえねーじゃん。黒滝さん、本当はどうなんだ」

二人の顔に、たちまち不安の影が広がった。

「おい小塚、もしかして」

「すげぇヤバくなってるとかか」

相次いで言われて、和彦はあわてて口を開く。

「そうじゃない、ごめん。退院だったらいいんだけど、まだそこまでいかないって言おうとしただけだよ。普通の病室に移ったんだ」

溜《た》め息がもれた。

「マジ、びっくりした」

そう言った若武の語尾が乱れる。上杉が、シャープがかかったような声で叫んだ。

「あ、若武が泣くっ」

若武は、とっさに布団の中に潜《もぐ》りこむ。上杉が、目から鱗《うろこ》が落ちたかのような顔でこちらを見た。

「あいつ、意外にかわいい」

その頭に、若武が投げた体温計が当たる。上杉はそれを拾い上げ、若武の潜った布団を振り返った。

「きっさま、これ、傷口に突っこんでやろうか」

いつもの展開になっていきそうだった。和彦は苦笑する。

「黒滝さんの新しい病室は、この階だよ。部屋、聞いておいたから行ってみようか」

上杉が即、ベッドを降りた。若武も布団から顔を出し、点滴のチューブを捌《さば》きながら起き上がる。スリッパを履《は》き、そのまま歩き出そうとして点滴台に気づいた。

「あ、こいつ連れてかなきゃならないんだ。面倒くせ」

上杉が皮肉な笑みをもらす。

「点滴台にネーミングしとけよ。好きな女の名前とかさ」

若武は一瞬、動きを止め、真面目《まじめ》な顔になった。

「俺、今んとこ、一人に絞《しぼ》り切れてない。つうか、絞りたくない。たくさんいる方が好きだ」

上杉が、どうしようもないといったように頭を振る。

「そういうことに、女って超うるさいぜ。調子に乗ってると、若武、今に女に殺されっぞ」

三人で廊下に出て、黒滝の病室まで歩いた。ノックをしようとして手を上げかけると、ドアが内側から開き、詩帆子が姿を見せる。

「やぁ詩帆子さん、お見舞いですか」

若武の声に、詩帆子は頷《うなず》き、病室の中を振り返った。ドアの間から黒滝の姿が見える。ベッドに横たわり、羽根布団の上から裸のたくましい肩をのぞかせて眠っていた。枕元には、青い真珠が置かれている。黒滝がすべてを擲《なげう》って手に入れたそれが、まるで守り神のように、精悍《せいかん》な頬に青い光を投げかけていた。

「これ」

たどたどしく言って詩帆子は、バッグから宛名のない封筒を出す。裏を返し、弁護士事務所の印刷を見せながら中の便箋《びんせん》を抜き、こちらに差し出した。

若武が受け取る。和彦は、東京からやってきた黒滝の顧問弁護士が、ＩＣＵの廊下にずっと待機していたことを思い出した。

「拝見します」

三人でのぞきこむ。そこには、黒滝が遺言を残しており、本人が死亡した場合には、財産の半分を詩帆子とその家族に、残りの半分を海洋研究所に寄付することが記されていた。詩帆子と海洋研究所の鈴木に急いで連絡を取り、今後のことは心配しないように伝えてほしいとの黒滝の言葉も書き留められている。日付は、爆発が起こった日だった。上杉が言っていたように、黒滝は決死の覚悟で亀田を訪ねたのだ。和彦は胸を打たれる。周囲の人々に遺漏《いろう》なく気を配りながら、己《おのれ》の道を敢然《かんぜん》と突き進む黒滝の姿が、脳裏で強い光を放った。和彦には、それが自分の未来を照らしてくれているように感じられたのだった。

「せっかくの黒滝さんの配慮だけど、無駄《むだ》になりそうですね」

若武が便箋を返しながら微笑《ほほえ》む。

「ＩＣＵから出られたんだから、順調に回復してるってことですよ」

上杉も、言葉を添えた。

「早くよくなって退院できるといいですね」

詩帆子は首を傾《かし》げる。しばらく考えていて、ゆっくりとつぶやいた。

「この、ままでいい」

思ってもみなかった答に、皆が戸惑う。詩帆子は目を伏せ、手にしていた便箋と封筒をバッグに入れながら悪戯《いたずら》っぽい微笑を浮かべた。

「動けなければ、私のもの、だから」

軽くお辞儀《じぎ》をして身をひるがえし、歩み去っていく。その後ろ姿を見送りながら、上杉が呆然《ぼうぜん》としてつぶやいた。

「女、恐《こ》ぇ」

若武は声もなく、ただ深々と頷《うなず》く。悪巧《わるだく》み以外で二人の意見が一致するのは、本当に珍しいことだった。和彦は笑みを零《こぼ》す。そうは言っても詩帆子は、きっと黒滝の回復を願っているに違いないと思いながら、廊下の窓から外に視線を投げた。

ここに来た時と少しも変わらないあざやかな海がきらめいている。黒滝の快活な笑顔と、凜《りん》としていながら深い孤独をにじませた二つの目をそこに重ねつつ、一日も早い回復を祈った。

「黒滝さんは、やっぱり最高にカッコいいよね」

自分も、あんなふうに生きたい。群れに合わせず、自分の信じることのために最大の努力をし、独自の道を切り開いて前に進む。どこかで間違えても、戻ってくればいいのだ。できる気がした。

《完》

藤本ひとみ作品リスト

日本歴史小説

『火桜が根　幕末女志士　多勢子』中央公論新社
『会津狐剣　幕末京都守護職始末』中央公論新社
『壬生烈風　幕末京都守護職始末』中央公論新社
『士道残照　幕末京都守護職始末』中央公論新社
『幕末銃姫伝　京の風　会津の花』中央公論新社
『維新銃姫伝　会津の桜　京都の紅葉』中央公論新社

ミステリー・歴史ミステリー小説

『モンスター・シークレット』文藝春秋
『見知らぬ遊戯――鑑定医シャルル』集英社
『歓びの娘――鑑定医シャルル』集英社
『快楽の伏流――鑑定医シャルル』集英社
『令嬢たちの世にも恐ろしい物語』集英社
『大修院長ジュスティーヌ』文藝春秋
『貴腐　みだらな迷宮』文藝春秋
『聖ヨゼフの惨劇』講談社
『聖アントニウスの殺人』講談社

西洋歴史小説

『侯爵サド』文藝春秋
『侯爵サド夫人』文藝春秋
『バスティーユの陰謀』文藝春秋
『ハプスブルグの宝剣』［上・下］文藝春秋
『令嬢テレジアと華麗なる愛人たち』集英社
『マリー・アントワネットの恋人』集英社
『皇后ジョセフィーヌの恋』集英社
『ブルボンの封印』［上・下］集英社
『ダ・ヴィンチの愛人』集英社
『ノストラダムスと王妃』［上・下］集英社
『暗殺者ロレンザッチョ』新潮社
『コキュ伯爵夫人の艶事』新潮社
『エルメス伯爵夫人の恋』新潮社
『聖女ジャンヌと娼婦ジャンヌ』新潮社
『マリー・アントワネットの遺言』朝日新聞出版
『ナポレオン千一夜物語』潮出版社
『ナポレオンの宝剣　愛と戦い』潮出版社
『聖戦ヴァンデ』［上・下］角川書店

『皇帝ナポレオン』〔上・下〕角川書店
『王妃マリー・アントワネット　青春と光と影』角川書店
『王妃マリー・アントワネット　華やかな悲劇』角川書店
『三銃士』講談社
『新・三銃士　ダルタニャンとミラディ』講談社
『皇妃エリザベート』講談社
『アンジェリク　緋色の旗』講談社

恋愛小説

『いい女』中央公論社
『離婚美人』中央公論社
『華麗なるオデパン』文藝春秋
『恋愛王国オデパン』文藝春秋
『快楽革命オデパン』文藝春秋
『鎌倉の秘めごと』文藝春秋
『恋する力』文藝春秋
『シャネル　ＣＨＡＮＥＬ』講談社
『離婚まで』集英社
『綺羅星』角川書店
『マリリン・モンローという女』角川書店

ユーモア小説

『隣の若草さん』白泉社

エッセイ

『マリー・アントワネットの生涯』中央公論新社
『マリー・アントワネットの娘』中央公論新社
『天使と呼ばれた悪女』中央公論新社
『ジャンヌ・ダルクの生涯』中央公論新社
『華麗なる古都と古城を訪ねて』中央公論新社
『パンドラの娘』講談社
『時にはロマンティック』講談社
『ナポレオンに選ばれた男たち』新潮社
『皇帝を惑わせた女たち』角川書店
『ナポレオンに学ぶ成功のための20の仕事力』日経ＢＰ社

新書

『人はなぜ裏切るのか　ナポレオン帝国の組織心理学』朝日新聞出版

藤本ひとみ　（ふじもと　ひとみ）

長野県生まれ。

西洋史への深い造詣と綿密な取材に基づく歴史小説で脚光を浴びる。

フランス政府観光局親善大使を務め、現在ＡＦ（フランス観光開発機構）名誉委員。パリに本部を置くフランス・ナポレオン史研究学会の日本人初会員。

著書に、『皇妃エリザベート』『シャネル』『アンジェリク　緋色の旗』『ハプスブルクの宝剣』『幕末銃姫伝』など多数。

KZ《カッズ》' Deep《ディープ》 File《ファイル》
青《あお》い真珠《しんじゅ》は知《し》っている

二〇一五年十二月 十七 日 第一刷発行
二〇一七年 二 月二十三日 第七刷発行

著 者 藤本《ふじもと》ひとみ
発行者 清水保雅
発行所 株式会社講談社 〒一一二─八〇〇一
東京都文京区音羽二─一二─二一
電話 編集 〇三(五三九五)三五三五
販売 〇三(五三九五)三六二五
業務 〇三(五三九五)三六一五
印刷所 慶昌堂印刷株式会社
製本所 島田製本株式会社
本文データ制作 講談社デジタル製作
N.D.C.913 286p 22cm ISBN978-4-06-219852-3